悲观主义的花朵

廖一梅

——

著

北京联合出版公司
Beijing United Publishing Co.,Ltd.

图书在版编目（CIP）数据

悲观主义的花朵 / 廖一梅著. — 北京：北京联合
出版公司，2020.12
ISBN 978-7-5596-4703-0

Ⅰ.①悲… Ⅱ.①廖… Ⅲ.①长篇小说—中国—当代
Ⅳ.①I247.5

中国版本图书馆CIP数据核字（2020）第222687号

悲观主义的花朵

著　　者：廖一梅
出 品 人：赵红仕
责任编辑：牛炜征
封面设计：尚燕平
内文排版：飞鱼时光

北京联合出版公司出版
（北京市西城区德外大街 83 号楼 9 层　100088）
三河市嘉科万达彩色印刷有限公司印刷　新华书店经销
字数 238 千字　　880 毫米 × 1230 毫米　1/32　　9 印张
2020 年 12 月第 1 版　　2020 年 12 月第 1 次印刷
ISBN 978-7-5596-4703-0
定价：45.00 元

廖一梅

"男人只会变老不会成熟。"

——保尔·艾吕雅《公共的玫瑰》

"再也找不到你，你不在我心头，不在。

不在别人心头。也不在这岩石里面。我再也找不到你。"

——里尔克《橄榄园》

1

　　我知道我终将老去，没有人能阻止这件事的发生，你的爱情也不能。我将从现在起衰老下去，开始是悄无声息地，然后是大张旗鼓地，直到有一天你看到我会感到惊讶——你爱的人也会变成另一个模样。

　　我们都会变成另一个模样，尽管我们都不相信。

　　阿赵在固执地胡闹，狗子在固执地喝酒，徐晨在固执地换姑娘，爱眉固执地不结婚，老大固执地无所事事，我固执地做你的小女孩，我们固执地在别人回家的时候出门，固执地在别人睡觉的时候工作，固执地东游西逛假装天真，但是这些都毫无意义。

　　你要知道我已经尽了力，为了答应过你的事我尽了全力，你专横而且苛刻，你求我，你要我答应，你要我青春永驻，你要我成为你的传奇，为了你的爱情我得年轻，永远年轻，我得继续任性，我得倔强到底——你只爱那个女孩，那个在时间的晨光里跳脱衣舞的少女。

　　我们从年轻变得成熟的过程，不过是一个对自己欲望、言行的毫无道理与荒唐可笑慢慢习以为常的过程，某一天，当我明白其实我们并不具备获得幸福的天性，年轻时长期折磨着我的痛苦便消逝了。

　　"凡是改变不了的事我们只能逆来顺受。"我们的需求相互矛盾、瞬息万变、混乱不堪，没有哪一位神祇给予的东西能令我们获得永恒的幸福。

　　对于人的天性，我既不抱有好感，也不抱有信任。

2

夜里，我又梦见了他——他的头发完全花白了，在梦中我惊讶极了，对他已经变老这个事实惊讶极了。我伸出手去抚摩他的头发，心中充满了怜悯……

实际上他永远老不到那个程度了。

九个月前，我在三联书店看到陈天的文集，翻开首页，竟然有他的照片。陈天从不在书上放自己的照片，现在不需要征得他的同意了。我看着照片上的那张脸，鼻子、眼睛、嘴唇、下巴，这个人似曾相识，仿佛跟我有着某种联系，那感觉就像我十八岁见到他时一样，但是具体是哪一种联系却说不清。

我买了那四本书，用书卡打了九折。

那天晚上，我一直在读那些书，黎明破晓之前，他出现了。

我在熟睡，我看见自己在熟睡，他紧贴着我，平行着从我的身体上方飞过，他的脸和我的鼻尖近在咫尺，他如此飘过，轻轻地说："我是陈天。"好像我不知道是他似的。的确，那张飞翔的脸看起来不是陈天，仿佛一个初学者画的肖像，完全走了样子，特征也不对，但是我知道是他，除了他别无他人。

陈天曾经多年占据着我的梦境，在那里徘徊不前。

此刻，在北京的午后，在慵懒的、刚刚从夜晚中苏醒的午后，在所有夜游神神圣的清晨，在没有鸟鸣、没有自行车的叮当声、没有油条味的清晨，我想起他，想起吸血鬼，想起他们的爱情。

我试图谈起他。

3

首先应该谈起的不是陈天，而是徐晨。

徐晨竹竿似的顶着个大脑袋，不，那是以前的记忆，他的脑袋不再显得大了，像大多数三十岁的男人一样，他发胖了，不太过分，但还是胖了，这让他显得不像少年时那么青涩凛冽。

这是我的看法，我知道他会不以为然，他爱他不着调的、结结巴巴的、消瘦的青春时光——比什么都爱。

"我是一个温柔提供者。"徐晨一边说一边点头，仿佛很同意他自己的观点似的，然后又补充说，"我是一个作家。"

"对，没错，美男作家。"

"偶像作家。"他纠正我。

"人称南卫慧，北徐晨……"我拿起桌上的一张《书评周刊》念给他听，他的照片夹在一大堆年轻美女作家中显得很突兀。

"胡说八道！"他把报纸抢了扔到一边，"完全是胡说八道！"

"你不是要成为畅销书作家吗？急什么？"我奇怪道。

"我指的畅销书作家是海明威！米兰·昆德拉！再说说，普鲁斯特都算！"

"原来是这个意思。"

我和徐晨可以共同编写一本《误解词典》，因为几乎所有的问题，我们都需要重新界定和解释之后，才能交谈。我们经常同时使用同一个词，却完全是不同的意思。我们就在这种深刻的误解中热烈地相恋了两年，还曾经赌咒发誓永不分离。

像大多数恋人一样，我们没有说到做到。

但是在讲述这一切的一切之前，我应该首先指出我对故事的情节不感兴趣；其次不标榜故事的真实，像前两年那些领导潮流风头正劲的年轻作家常干的那样。这两点都基于我不可改变的身份——一个职业编剧。

我是以编造故事来赚钱的那种人，对这一套驾轻就熟。想想，一个故事怎么能保证在二十集九百分钟的时间里恰当地发生、发展直至结束，有的故事要讲很久，有的虽好却很短小，而我必须要让这些形态各异的故事具有统一性，而且在每个四十五分钟之内都有所发展，出那么几件小事，随着一个矛盾的解决又出现另一个矛盾，到一集结束时刚好留下一个悬念。如果这套戏准备在台湾的黄金档播出，长度就要加长到三十集，因为他们的黄金档不接受二十集的电视剧，而不在这个档播出就不能挣到钱。所以我曾经接过一个活儿，把一部电视连续剧从二十集变成三十集。加一两个人物是少不了的，男女主人公嘛，只能让他们更多一点磨难，横生一些枝节，多误解一段时间。

我说这些无聊的事儿是为了让读者明白，我讨厌丝丝入扣地讲一个曲折动人的故事，那是一种手艺活儿，稍有想象力的人通过训练都能做到。当然，这之间"好"与"不好"的差别就像"会"与"不会"那么大，但手艺毕竟是手艺。

比如说吧，几个月前我和朋友一起看一张叫作《十七岁的单车》的DVD，这是个不错的电影，电影节的评委们也看出了这一点，给了它个什么奖。问题是我们饶有兴趣地看到一半，碟片坏了，我们气急败坏地对着那张盗版盘施加了各种酷刑，它依然不肯就范，吱吱嘎嘎地响着就是不肯向前。最终众人只得放弃，个个丧气不已。为了安慰他们的好奇心，我以一个编剧的责任感为他们编造了后面的情节。几个星期后，当时听故事的人给我打电话，说电影的后半部分和你讲得所差无几，你肯定早就知道。我当然不知道，我不是说电影的故事是个俗套，而是说编剧的思路是可循的，如果你还凑巧认识这个编剧，对他的偏好略知一二，那就更好解释了。

我现在想做的是忘掉手艺，忘掉可循的思路，寻找意义。但是说实话，这种手艺已经融入了我的生活，在不知不觉中甚至左右我的生活。

曾经有人对我说："我喜欢你。"

我可能会回答他说："我还真不好意思说你说了一句蠢话。"

我向你保证我不是真心想说这句话，他一说出上句话，我脑子里马上有了五六种可以表达各种情绪的对应台词。就着当时的氛围我选择了这句，因为这么酸的一句台词后面应该解构一下。这些念头都是一刹那产生的，等我看到那人一脸尴尬，才知道自己选错了台词——不符合我的人物性格。

连生活的真实性都值得怀疑，其他的就更别说了。

就我本人而言，我不相信任何作品的真实性，一经描述真实就不再存在，努力再现了一种真实，却可能忽略了另一面的真实。我们永远只能从自己的角度谈论世界，有的人站得高，看到的角度多于其他人，但说到底，仅仅是这个差别。我讨厌虚构，真实又不存在，但是我们依然写作。在这真与假之间我希望能够明晰事物和事物间的关系，寻找思维的路径，发现某种接近真相的东西。写作对我便是这样一个过程。

4

两人初次幽会的时候，卡莉娜从手指上取下戒指扔进河里。"幸福到来的时刻，"她对佩特库坦说，"得给它加上一丁点儿轻微的苦涩，这样就能记得更牢。因为人对不愉快的时刻比对愉快的时刻记得更长久……"

塞尔维亚人帕维奇在他那本关于神秘部族哈扎尔的书里讲到这个故事。

跟卡莉娜的观点一样，我倾向认为我们最爱的人是给我们痛苦最多的人。这是一种难得的天生禀赋，一种张弛有度的高技巧能力，因为太多的甜蜜让人厌倦，太多的痛苦又引不起兴趣，能使我们保持在这个欲罢不能的痛点上的人，我们会爱他最久。

爱眉说这是土星对我的坏影响——认为爱情是件哀伤的事是摩羯座的怪癖。

我生在冬天，太阳落在由土星统治的摩羯座。土星是阴性的、否定的星体，以不可动摇的绝对意志控制着它的王国。"像北方的冬天一样冷酷无情。"我们分手的时候，徐晨这样形容我。

冷酷无情是摩羯座的恶劣名声。

徐晨是我大学时的恋人，我们的故事就情节上来讲没什么好说的，它和其他的青春故事如出一辙，当然所有的此类故事都如出一辙——相爱和甜蜜、伤害和痛苦，还有分手。我们有过最纯洁甜蜜的时光，而后的互相伤害也达到了登峰造极的地步，从而都给对方留下了深刻印象。我敢说，我们在相互伤害中达到的理解，比我们相亲相爱时要多得多。

后来凭着摩羯座一丝不苟、拒绝托词的态度，我试图回忆起我们之间的本质冲突。我得说，的确是本质的冲突，而不是鸡毛蒜皮的小事。

举例子说吧。

在我们相亲相爱的日子里有一个周末，我们约定在天坛门口见面，约会是四天前定的，那时候电话和呼机还不普及。

到了那一天，俗话说"天有不测风云"。外面狂风大作，暴雨突降，我躺在床上发着高烧，于是让同学打电话到他宿舍的门房，留言说约会取消。但是，他还是去了。他在暴雨中等待，希望我如约前往，朦胧的雨雾中，他看见我裹着雨衣坐在大门前的石头台阶上瑟瑟发抖，雨水顺着头发流了满脸，脸色苍白如纸，他跑过来把我抱在怀里，我向他微笑，滚烫的身体在他的手指下颤抖，然后就昏了过去……

——故事的后半部分没有发生，因为当时我正躺在宿舍的被窝里。这个景象是徐晨在给我的信中描述的，他告诉我这才是他梦想的恋人。我知道如果我能在这个故事里死掉就更完美了，他会爱我一生一世，为我写下无数感人肺腑的诗篇。我居然在能够成就这种美丽的时候躺在被窝里，这让他大为失望。

徐晨是个不可救药的梦想家。他绝不是分不清臆造的生活和现实之间的分歧，而是毫不犹豫地坚持现实是虚幻的，而且必须向他头脑中的生活妥协。

你爱一个人，或者讨厌一个人可能是因为同样的事。

就像我。

说起来，年轻真是无助，我和徐晨在完全没有经验，也没有能力的时候接触到了我们所不能掌握、无法理解的东西，唯一能够帮助我们的只有本能。我的本能是离开他。

"我深深爱着的人，你得坚强，你得承受我能想象出的最大的苦难，你将会跟我一同死去。"——十九岁的疯狂的徐晨。

分手是他提出的，让他惊讶的是我同意了。于是他要求和好，我拒绝，再要求，再拒绝。在这一点上，我同意他的看法，我是个冷酷无情的人。他在以后的一年时间里，尝试了各种办法让我回头，他在我面前沉默地坐着，手里点着一支烟。他说："以前一直不懂人怎么会依赖于一支烟，现在明白了——在一个人感到孤单、痛苦的时候，手指上那一点点火光，很暖。"

他就让那火光一直亮着，一直到现在他依然是个烟鬼。

那时他痛苦伤感的样子完全难以让我动心，我从中嗅出了某种故作姿态、矫揉造作的气息，不快地察觉到他对自己那副痛苦的样子十分着迷。我曾试图使他注意到这个，笨拙地向他说起先天诗意和后天诗意的差别，我说后天诗意就是人类所谓那些"今天的月亮真美"之类世俗准则化的诗意。人人都可以后天学习，努力标榜。我的这种说法使他非常愤怒，结结巴巴地对我说："诗意，诗意都是人为的！你洗一件衣服，那只是一件衣服，但是你想一想，这是你爱的人穿过的，上面有他的汗，有他的味道，那就完全不同了。这就是诗。"

他说的有一定道理，但我一生都将厌恶矫揉造作的痛苦，因为我和它总是来来回回地互相追逐，在错综复杂的人生迷宫里迎面撞个满怀。正如萨冈引用艾吕雅的诗句作为她小说的名字："你好，忧愁！"我们每次碰面时都是这样问候的。

很多年后，徐晨向我承认，他第一次意识到自己天性里这些矫揉造作的东西时无地自容。——小菲力普的母亲死了，他在号啕的同时对自己引发的伤感场面感到非常带劲儿。

"我脸'腾'地红了，把手里的书扔出老远。毛姆这个尖刻的英国佬，活该死的时候身边没一个朋友！不过我一直热爱他，他的书是我最经常从书架上拿下来读的。"

　　关于徐晨其他令人发指的讨厌个性我还可以说出很多，但这掩盖不了另一个确凿的事实——他是最甜蜜温柔的爱人。他有你想也想不出的温柔，你花再大的力气也模仿不来的温柔，他的温柔足以淹没你的头顶，窒息你对人类的兴趣，截断你和世界的联系，泯灭你的个性，让你愿意做他的气泡、他淘气的小猫、他红翅膀的小鸟，你为自己不能这样做而痛恨自己。

　　现在想起来，我单独和他在一起的时候总是想闭起眼睛，总是非常想睡觉，我是说真的睡觉，迷迷糊糊，神志不清，眼皮线牵着一样地要合在一起，如同被催眠一般。那真是个奇异的景象，他总是在说，而我总是在睡，太阳总是很快就躲到云彩后面，而时间总是箭一般地逝去。

　　这也很好解释，人只有睡着了，才好做梦。而徐晨，睡着，醒着，都在做梦。

　　我们最初的青春就在这睡意蒙眬中过去了。

　　最终，我和徐晨带着这最初的创伤和初步达成的谅解各奔东西，走上自己的人生路开始各自的冒险。我们时不时要互相张望一下，看看对方爬到了山的什么位置，讲一讲各自旅途上的风景，给遭到不幸的一方一点鼓励。我们不常见面，但电话一直没有间断过，有时候一个月打一次，有时候一年，这要看我们当时的情形。为什么一定要这样，我也不清楚，也许是因为我们有一个共同的起点，也许是因为我们给对方留下了太多的疑问。闹不好，正是这些疑问把我们连在了一起，我们都很好奇，我们都想知道答案啊！

　　我们聊天、争吵、斗嘴，讨论许多话题，指责对方的人生，这样已经过了很多年。

5

　　说说我为什么喜欢吸血鬼，你会明白我要的是什么样的爱情。

　　特兰西瓦尼亚的德库拉伯爵是个吸血僵尸，以吸食活人的鲜血获得永生，拥有主宰风暴和驱使世间动物的力量。他有不见阳光的白皙肤色，一双看穿时间的碧蓝眼睛，他的血是不熄的欲望的代表，永生对他来说是永远的痛苦，他的痛苦不会随着时间的流逝而有丝毫减轻，也不会有死亡来把它终止，失去爱人那一刻的伤心会永生永世伴随着他，永无尽头……

　　吸血鬼的爱情有着爱情中一切吸引我的东西，致死的激情，永恒的欲望，征服与被征服，施虐和受虐，与快感相生相伴的忧伤，在痛楚和迷狂中获得的永生……

　　我不知道谁能带给我这样的爱情。

6

二十岁的时候我惊讶地发现，从小热爱的那些诗人、作家，个个放荡不羁、道德败坏，被人指责为寡廉鲜耻。第一个是拜伦，然后是王尔德。上中学时的蓝皮日记本上，我工工整整地抄着拜伦和王尔德的诗句——"我对你的爱就是对人类的恨，因为爱上了人类，就不能专心爱你了。""人生因为有美，所以最后一定是悲剧。"《拜伦传》是我十五岁那年，从动物园那家后来改成粤菜馆的书店里偷的两本书中的一本。

仅仅用没有钱来解释我偷书的行为是不充分的，作为一个中学时代的北京市三好学生，海淀区中学生智力竞赛三等奖获得者和红五月歌咏比赛的报幕员，我以此表明我内心的立场，我站在拜伦和王尔德们一边，对一切道德准则表示蔑视。

我蔑视而又能够遵守那些准则说明了什么？虚伪？掩饰？克制？胆怯？所有那些可以指认我是个好少年的证明，都是勉勉强强获得的。市级三好学生——我已经被告之不符合要求，但因再无其他人选，学校不愿平白丢掉一个名额而给了我。智力竞赛——整个过程中我只回答了两个问题，而其他学校的学生因为回答得又多又错，所以我得了奖。歌咏比赛，鬼知道为什么选中我，我想是因为我总爱读些超过我理解范围的诗，不过结果证明我是不称职的，因为我在报幕时忘了让下一个队做准备而在礼堂里引起一片混乱。

总之，我是个不能确定的、勉强可以被称为好学生的人。这勉强已经预示了我将开始的模棱两可、左右为难的人生，准备遵守世俗的准则，而在内心偷偷地爱着拜伦和王尔德，渴望与众不同的生活。

"犯罪不是庸俗，但所有的庸俗都是犯罪。"

"只有特别之物才能留存下来。"特别，就不论善恶。我寻求特别之物。

"我不仅要做一个恶棍，而且要成为一个怪物，你们会宽恕我所做的一切。换句话说，我要把你们的衡量标准变成荒唐可笑的东西。"

这是我知道的、最令我颤抖的豪言壮语，在一百年以前，被最优雅的人用优雅的态度说出，比长发愤怒青年的重金属喊叫更对我的胃口。

徐晨说："可以理解，道德败坏的人没有禁忌，更加有趣。""有趣"——我努力追求正确的生活，实际上却一心向往有趣的生活。但我既缺乏力量，又不够决断，追逐这种并不适合于我的生活的必然结果是痛苦多于欢乐。但那时我坚持相信那个"白痴"公爵梅希金的说法："她的眼睛里有着那么深的痛苦，是多么美丽啊！"

我不能一一列举我做过的蠢事，花了很多年我才意识到，实际上对我来说，一句不得体的蠢话比背叛、残暴、欺骗这样的所谓罪恶，更加难以接受。罪恶里还时常蕴藏着某种激情和勇气，激情便与美感有关，而平庸与乏味则毫无美感。对我来说这是直觉的反应，达不到年轻歌德的高度——为善和美哪样更大这种问题而深受折磨。确立某种生活准则，并有勇气去坚持这些准则是必要的。可惜大家通常既无勇气坚持善，也无勇气坚持恶，甚至没有勇气坚持随波逐流。更加不幸的是，我对他人有一种与生俱来的领悟力，有了这份本可不必的理解，做起事来便难免拖泥带水，对一切都失去了明确的尺度。这对我的生活是个致命的错误。

错误当然不都是丑陋的，有些东西因为错误而格外耀眼。

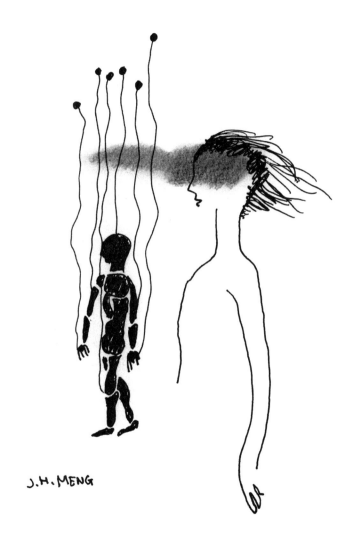

7

第一次见到陈天，我差三个月满十八岁，长得细胳膊细腿儿，还是个幼女。后来他多次向我讲述过那天早晨——我刚从睡梦中醒来，迷迷糊糊地暴露在他的目光下，稚嫩幼小，单薄的睡衣被晨光变成透明……

——一个幼女的脱衣秀。

据说我在窗前优美地伸着懒腰，毫无羞涩地向他展示没发育好的平板身材和孩子一样的乳房，很多年以后，他一直记得晨光里的那个小女孩，甚至把她写进了书里。

八年以后，我和他第一次上床的时候，他对我的印象还是那个稚嫩幼小、没有发育好的小女孩。他小心地抱着我，轻轻地抚摩我，手指一碰到衣服的边缘便马上躲开了。他谨慎到让我丧气的地步，本已鼓胀起的欲望一点一点地退去。他在晚上十点把我带回家，难道是为了和我喝杯茶吗？！更糟的是，他开了句不合时宜的玩笑："你还是个幼女呢。"

我是一个幼女？他以为时间仅仅是他头上的白发，他脸上的皱纹吗？

很多年以前，他抽没有过滤嘴的天坛烟，我知道大家关心他的私生活，他喜欢女人的名声和作为作家的名声一样为人所知。我在他面前很少说话，我知道我们宿舍那个借住的英国文学研究生是他的新情人。我看着他们爱情的进展，听那大女孩轻描淡写地说起他，她尽力地想向我们这几个一年级的新生证明他们之间只是朋友，这让我觉得很可笑，有谁会在意他们上没上过床呢？反正我不在意。他来的时候，也常常和我聊聊天，他总是"小孩"来

"小孩"去地叫我。

一个月以后，那个女研究生搬出了新生宿舍，那年夏天她已经毕业了。第一个学期结束前我还去看过她，她借了陈天的小说给我，也给我看她写的诗。我再没见过陈天，她偶尔提起他，但总是以"你不懂"作为结束。

"陈天有老婆，孩子都六七岁了。"魏红肯定地说。

女研究生搬走以后，宿舍里住了五个新生，魏红是其中最老练的，她上高中时就发表过小说，对文坛的事十分了解。

我知道我们有种倾向，总是想神化我们的情感，给我们的人生带上宿命的光环。我肯定不能说那时候我就知道有一天我会和陈天上床，甚至爱上他，但是有时候，你看到一个人，便知道总有一天你会和他发生某种联系。这就是我和陈天之间的感觉。

8

我写下这些文字，知道我的少女期永远地结束了。它早就应该结束，我已经当了太长时间的少女，二十七岁时还被陈天称为"幼女"。这些青涩、幼稚的记忆一直搁浅在我的体内，让我保持了孩子的容貌，脸上留下迷惑、不安与执拗的神情，只要这种表情还在，我便一直生活于时间的夹缝之中，不再年轻也不能老去。

该是把这种表情剔除的时候了，心安理得地让时间的纹路爬上我的面颊，我会变得坚定、坦然，而且安详，而你将不再爱我，我可以自由地老去，我将脱离你的目光，从岁月的侵蚀中获得自由。

9

在我十八岁见到陈天以后，他便从我的生活里消失了，他再出现是在好多年以后。这中间我的生活被徐晨占据，有一阵子我甚至不能想象自己还会有另外的生活。

当然，你已经知道了，后来我和徐晨分了手。分手的时候，双方都做了很多残酷的事情——残酷，而且丢人。

我有了一个新男友，并且毫不犹豫地和他上了床，徐晨被这件事气疯了。他先是要走了他写的所有情书，然后给它们编了号，连同我的情书一起，一封封用新信封封好，写上学校的地址，以每天十封的频率寄给我，一气儿寄了二十多天。

这些数量巨大的情书像雪片一样飞来，大家都以奇怪的目光睨视着我，每天从同学手里接过这些带编码的信时我都又羞又恼，无地自容。后来这些信终于停止，我以为是徐晨手下留情，直到学院传达室的保卫把我叫了去。

那个瘦瘦的、长了一脸凶样的保卫从上到下打量了我好一阵子，说了这么一句："你就是陶然？"他大概把让我在那儿呆站当成了一种惩罚，好一会儿才慢吞吞地起身从柜顶上拿下一大捆编了号的信件——原来是被他扣下了。凶保卫威胁说，如果这种扰乱学校正常邮政秩序的事不停止，他就要把这些东西交到系里，交给学校。一想到老师们下课后凑在一起，分头阅读徐晨那些把我叫作小兔饼干的情书的景象，我简直就要当场昏倒。为了阻止此种情况发生，我使出浑身解数，认错哀求，赌咒发誓，说这些信不过是连载的小说，是为了提高我的文学修养，以后保证改用其他方式，他终于满腹狐疑地把信交给了我。

情书轰炸结束后，我依然不能安心，那时候我还不知道，作为一个摩羯人最不能容忍的就是不得体的行为，而这恰恰是徐晨的拿手好戏。

果然。

一天中午，吃完午饭回来我就看见一摞来信放在宿舍的桌上，有我的，也有别人的。我随手翻着，忽然一个信封上熟悉的字体跳了出来——是徐晨写给魏红的！绝对没错，就算徐晨再加掩饰我也认得出他的字体，更别说他写得工工整整，丝毫没有掩饰的意思。我的脸涨得通红——他又要干什么？他又要耍什么花招？他让我在学校里丢人现眼还不够，还要闹到宿舍来？就在我犹豫不决，不知是该吃了它还是烧了它的时候，魏红拿着饭盆进来了。我手里紧捏着那封信，打定主意绝不能给她。

"魏红，是徐晨写的！——有你一封信，我不想让他麻烦你，我拿走了。"

我语无伦次地说完，不等她的反应便拿着信跑了。

中午在安静的小花园里我读了那封信，然后把它撕成碎片。我和徐晨总是约在外面见面，他和魏红并不熟悉，当然他知道宿舍里每个人的名字和她们的故事，是我说的。在那封信里，徐晨准备扮演一个勾引者的角色，勾引我同宿舍的一个女生，他甚至还写了一首诗！我想不出还有比这更拙劣、更让人讨厌的方式——如果他想让我回头。

我跟魏红没再提过这件事，她也没有。我是因为羞愧。

后来，徐晨终于宣布结束我们之间的战争，把我留在他那儿的所有东西一股脑地还了回来，在那些写了字的旧电影票、生日卡和玩具熊中间，我发现了魏红写给徐晨的信。魏红在信里说我没有权利拿走徐晨写给她的信，这是对她人权的侵犯，她为这个很不高兴。我和魏红一直是不错的朋友，那是我第一次明白人和人是怎样的缺乏了解。

　　"那时候我要再努把劲儿，就把你们宿舍那个什么红勾搭到手了。"十年后的徐晨有一天想起了这码事儿。

　　"放心吧，一点戏都没有，她比你老练十倍。"

　　"可能你说得对。"

　　他到底还是比十年前有了进步。

10

　　我忘了说，徐晨生在春天，双鱼座，被爱和幻想包围的海王星主宰。他身上有许多品质我一直不能理解，因为他是水，而我是土。

　　徐晨大学时读的专业是数学，在闹了两年试图转到中文系未遂后，每学期末潜入学院的印刷车间偷试卷，如此混到了毕业。这为他在学校赢得了天才的名声——长期旷课，到了学期末书还是新的，但门门考试都过。他家里的电脑整日开着，但作用和我的一样——用来写作。他是我见过的最勤奋的写作者。

　　大学毕业以后有那么一阵子，他对钱产生了巨大的热情，完全不亚于他对文学的热情。他不厌其烦地谈论钱，谈论道听途说来的有钱人的生活，谈论物质的无穷魅力，并且开始只在名店购置衣服。初次见面的人听到他那个时期的腔调，会对他产生市侩的印象，我差点认为这家伙完蛋了。不过这么多年来我已经养成了对他的话并不当真的习惯，他的金钱和他的爱情、他的文学一样都是一大堆闪亮的梦想。他列出许多通向致富之路的计划，每个计划都详尽地设计出实施细节和步骤，听起来全都真实可信，十分诱人。其实这和他上大学时有一次要成立一个叫"野孩子"的乐队，又有一次要骗他爸爸的钱拍电影如出一辙。

　　曾经有两三年的时间，徐晨在要成为一个作家还是成为一个企业精英之间左右为难，他只比较最成功的作家和最成功的企业精英之间的差别，而丝毫不考虑不成功的作家和不成功的企业精英之间的差别，以及自己与这两者之间的差别，我得说他对他自己和人生都充满了偏见！在他拿不定主意的情况下，他决定一边读 MBA，一边写作，一边购置西装，一边在摊上买牛仔裤。他就此事曾多次征求我的意见，但是对我的意见充耳不闻。

　　当然他有才能，但肯定不是天才。他的 MBA 没有读下来，少年成名的机会也失去了。如果徐晨后来没有成为一个作家，我是否会感到失望？答案是肯定的，这对我来说不是偏见，而是常识。我时常觉得他不可思议——还有什么可考虑的？还有什么可犹豫的？他生来就注定了该干这个——写作是唯一能使他的幻想具有意义、成为有形之物的途径。而在其他情况下，他天真的脑袋会使他遭到灭顶之灾。

　　摩羯座的人总是清醒冷静的，而双鱼，他们糊涂，拿不定主意，三心二意。

　　是爱眉告诉我的。

　　所有关于星座的事都是爱眉告诉我的。

11

爱眉的身体是对世界的感应器，这台机器如此精密，使她能捕捉到风中带来的气息，树木枯荣带来的气息，人的气息，星体在运行中相遇而形成的引力，某种强烈的愿望带来的空气的颤动。她的身体像根柔软的丝线，一点动静都能使她激烈地抖动，她被这些抖动折磨得心力交瘁，没有哪个星期、哪个月，她是健康而安宁的，她被她敏感的身体拖累，失眠、头疼、便秘、浑身不适、精神恍惚。能够治愈她的唯一办法就是关闭这台敏感机器感应世界的触角，而这，是她死也不会干的。

每次爱眉絮絮叨叨地谈论她什么什么地方不舒服、空气什么什么地方不对劲的时候，我都没有认真听，说实话没有比身体的感觉更难交流的了。但是每次她说完，我都会劝她："去一个没人的地方种一年菜，你什么毛病就都好了。"

话是这么说，可你做不了违反你本性的事。

认识爱眉是在大学毕业以后。

我大学毕业被分配在一家出版社工作。该怎么描述我那时的生活呢？如果我有刘震云的胸怀和文笔，就可以写一篇《单位》，可惜我不行。在出版社工作的一年时间里，我是一个懒散随便、迟到早退、不求上进的典型。常常有老同志语重心长地找我谈话，说年轻人不懂得爱惜自己，不懂得努力工作的重要性。一个摩羯座的人不懂得爱惜自己？不懂得努力工作的重要性？真是天大的笑话。

我们出版社位于北京最大的蔬菜批发市场旁边，每天中午吃过饭，编辑们便三五结伴地去批发市场买菜，共同讨价还价，然后提回许多葱绿水灵、低于零售价的蔬菜。下午的时候，你常常可以看见办公室里的几位同志围坐在一起择菠菜、剥青豆，如果你聪明便能明悉其中人际关系的玄机，谁和谁投契、谁和谁不对付，在这些择菜的闲聊中，造就了许多恩怨是非。

这里面的确有很多故事，但是都与我无关。当然，不止一次有人邀请我一起去买菜，我拒绝了。中午，我独自坐在阴冷的办公室里，想，再不会有比这更糟的生活了。再这样过两年，没准哪天我就会接受买菜的邀请，然后一步一步变成和他们一样的人。所以，没什么可犹豫的，我辞了职。

我成了一个自由撰稿人，靠写作为生，什么都写，那时候这种人已经多了起来。

爱眉是一家杂志的编辑，我们就这么认识了。

爱眉喜欢和明朗的人在一起，这样她那台感应器也会让她自己变得明朗愉快。我不知道我算不算是明朗的人，如果让我自己说我认为不是。

"你是另一种——你有很强的生命力，看见了吗？你有两条生命线，其中一条还是双线。这很少见。"

我得意地举着自己的手掌，朝着阳光："真的？！"

"但是你放心，老天不会平白地给你任何东西，他既然给了你比别人更强的承受力，他也就会给你比别人更大的考验。"

更大的考验……

你可能并不把爱眉的话当真，认为她只是那么一说，我可不这么想。

爱眉以自己的健康为代价获得的直觉能力是令人恐惧的。

就说李平这件事吧。

李平是朋友的朋友，因为为人风趣，有什么凑趣的事，大家都爱叫着他。那年他好好地开着一家广告公司，而且接下了一单大活——筹办冰岛另类女皇比约克的北京演唱会。他找到我，希望能帮忙组织一些文章，当时我正忙着写剧本，就把他介绍给了爱眉。而爱眉那个月正犯头疼，无力帮忙，又把他推荐给了另一个朋友。这单活最后到底是谁接了我也不知道，不过，演出的时候我去了。比约克的水桶腰穿着一件粉红绸子连衣裙，唱歌的时候站着一动不动，把渴望挥手晃动、大声尖叫的观众生生晾在那儿，气氛总也热不起来。但是我喜欢她，她那奇特的嗓音穿透空气针一样钻进你心里，让你莫名惊讶，动弹不得，不由不赞叹还站在那儿来回摇晃的那些家伙心脏真是坚强。

演唱会不成功，因为没有赚到钱。

一个月以后，爱眉的头疼有了好转，我们约了一起吃饭。饭吃到一半她说："上次你让他找我那个人怎么样了？"

"谁啊？"

"就是那个要开演唱会的。"

"李平。"

"对，开了吗？"

"开了，你不知道？"

"我这个月的头简直就是……"

为了不让她继续谈她的头，我说："我去看了，挺棒的。"

"是吗？那天我本来就难受，一看见他——好家伙！"

"怎么了？"

"满脸晦气。"

"李平？"

"可不。"

　　我有点服她了："好像是亏了钱。"

　　"是吧。"爱眉点点头，好像很欣慰。

　　后来我明白，爱眉的欣慰不是因为自己看得准，而是庆幸没有发生更不妙的事。

　　但是——从那次以后我再没见过李平，别的人也没有。他从我们的视野里消失了，就像人间蒸发了一样不见了踪影。过去听音乐会、看演出的时候常常能遇到他，但从那以后就再也没有过。他的公司据说转让给了别人，而他不知去向。我向很多人打听过他，也有很多别的人向我打听他，这只能证明一件事——就是他不见了！我并不认为他的人身安全有什么问题，他只是从这个圈子里消失了。

　　他到底遇到了什么事，没有人知道。

　　爱眉认为大多数人都具有更多的感知世界的能力，只是它们被封闭了，没有开启。既然夏天炎热的空气使你烦躁，北欧的忧郁症患者远远多于热带，那么如此巨大复杂的行星运动不可能不对你产生影响。无论是占星、批八字、看相都是完全唯物的，你不相信，只能说明你目光短浅，如同一个视力好的人和一个视力差的人，看到的东西自然不同。

　　这就是爱眉，后面还会讲到她。

12

离开徐晨以后，我过过一段单纯的日子，因为疲倦，找了个温和优雅的男友，然后厌倦了，重新渴望与众不同的生活。

我把那段日子叫作"红舞鞋时期"。

"红舞鞋时期"的显著特点是没心没肺，肆意妄为，带来的显著后果是男友众多。

如果坎黛斯·布姝奈尔把这写入她的专栏 *Sex and the City*，她肯定会这么描述："有一阵子这女孩选中三个男人，分一、三、五和他们上床，这样还剩下四天的时间无所事事。关于空闲的这四天时间她当时想出两种办法，一种是再找三个男友，或者一星期和他们每人上床两次，剩下的一天作为休息。这两种办法都不可行，前一种是因为她心不在焉常常叫错名字，记错约会。而后者，则需要他们对她有更大的吸引力。"

我在开头就说过了，人的欲望前后矛盾，瞬息万变，混乱不堪，牵着你的鼻子让你疲于奔命。对于人类来说，欲望和厌倦是两大支柱，交替出现支撑着我们的人生。一切选择都与这两样东西有关。但是吸血僵尸不是，他们只有欲望，从不厌倦，也就绝少背叛。他们是我喜欢的种类。

在那段日子里，我遇到过很多不错的人，当然也有很糟的。这都是我现在的想法，那时候他们的好坏我毫不在意，只要有一点吸引力就行，那可能是微笑时嘴角的皱纹、某种疲倦的神情、某个背身而去的孤单背影，什么都有可能。

李寿全有一首歌，那时候常常听的，歌名忘了，只记得第一句："曾有一顿晚餐和一张床，在什么时间地点和哪个对象，我已经遗忘，我已经遗忘……"

我就像那个穿上了红舞鞋的村姑，风一般地旋转而去，不为任何东西停下脚步，不为快乐，不为温暖，不为欣喜，也不为爱。

也许我错过了很多东西，谁知道呢。

很多年以后，在街头遇到一个"红舞鞋"男友，我们已经很久不见了，我对他的印象是不停地抽烟和一双修长漂亮的手，两三句寒暄之后，他突然说："嫁给我吧。"说实话，我当时真想说："好的。"就像在电影里一样，然后和他手拉手互相注视背身而去，在阳光的大道上越行越远，音乐起，推出"剧终"，好莱坞式的完美结局！它至少应该在我的生活中发生一次！我当时一边这么想一边站在大街上傻笑来着。

但是红舞鞋终会变成一双难看的破鞋，为了摆脱它，那可怜的女孩砍掉了自己的双脚！2002年初春，一个叫作Kneehigh Theatre的英国剧团来演过这出戏，屠夫拿了把锃亮的杀猪刀（那可是货真价实的刀，擦在地上直冒火星）对着女孩的脚比画来比画去，明知道他不会真砍，还是看得我心惊肉跳。

如果你不相信克制是通向幸福境界的门匙，放纵肯定更不是。

这是我的经验之谈。

13

再次见到陈天的时候，我刚刚跟所有的男友断绝了来往，把自己关在家里。

我整天不出门，不说话，只是关着门看书。我的一居室在父母隔壁，每到吃饭的时候他们就来敲我的门，而我总是不吭声假装不在。

我戴着耳机反反复复地听 Tear for Fears 的一首歌 *Everybody Wants to Rule the World*，不停地听：

欢迎来到你的人生，

这是一条不归路。

大幕已经拉开，

你得扮演好你的角色……

我对一切都没有兴趣，悲观厌世。

当然，我一直是个悲观主义者，认为这个非我所愿而来、没有目的也没有意义的生命是个不折不扣的负担。只是凭着悲壮的热情和保持尊严的企图，我才背起了这个负担，同样出于尊严还要求自己背得又稳又好。但那阵子我对这个工作失去了热情。

我试图寻找意义。

在这里我应该引用叔本华《悲观论集》的所有句子，但是还是算了吧。你一定已经读过，就算没读过，也可以找来读。

这种幽闭的生活过了两三个月，唯一能够安慰我的便是看书、听歌和看碟——总之，看看别人是怎么想的。叔本华说得没错，对于人类来说最好的安慰剂就是知道你的痛苦并不特殊，有很多很多人，甚至许许多多杰出的人都像你一样忍受着同样的痛苦和不幸，忍受着这个充满虚无的人生。

就是那时我认定艺术家的工作是有意义的，他们替不善表达的人说出了他们的感受，和善于表达的人取得了共鸣，而对于那些毫无知觉的人，应该恭喜他们，就让他们那样下去吧。

那年春天来到的时候，我对痛苦和沉思感到厌倦了，站在中午耀眼的阳光里眯起眼睛，我简直不能想象我会干出那样的事——深夜跑到结了冰的什刹海，整小时地躺在冰面上，试图让深夜的寒冰冷却我身体里燃烧的痛苦。那痛苦无影无形，却如影相随，不知道来自哪里，也不知道后面去了哪儿。也许它是迷了路，偶然撞到了我身上？因为没有任何现实的原因，也就找不到任何解决的办法，这让它显得格外可怕。我敢说，我准是碰上了人们所说的"形而上的痛苦"。在这痛苦里我失去了所有的优雅作风，躺在冰面上大声喊叫、用了所有的力气大声喊叫，希望身体里的痛苦能够通过我的喊叫消散出去。

那天夜里四周寂静无声，没有任何人从黑暗中走出来打扰我或挽救我，任由我呻吟号叫——那时候的什刹海没有路灯，没有栅栏，也没有寒冬夜行人。

多年以后，当抑郁症席卷北京，身边的朋友纷纷倒下，饭桌上的谈话变成比较"罗拉""百忧解"和"圣约翰草"的药性时，我才想到那个冬天我可能得了忧郁症。那痛苦可能完全是形而下的而不是形而上的，但当时我们都缺乏这方面的知识。

冬天结束，我把厚重的衣服收进柜子，花了很长时间在镜子前琢磨我的新衣。我那么专注于衣服颜色和样式的搭配，半天才发觉我竟然很有兴致——也就是说它不见了！折磨了我一个冬天的痛苦不见了，我不知道它是走了，还是我已经对它习惯了。总之，我不再老想着它了！

好吧，既然我活着这件事已经不可改变，那么开始吧，大幕已经拉开，我得扮演好我的角色……

14

没想到我的第一个观众是陈天。

我走进办公室的时候，陈天坐在窗前的大桌子后面，从正看着的稿件上抬起头，笑了。

"长大了。"他眼睛一眨不眨地盯着我，"一点都没变。"

"你可老了。"我向他微笑，心里这么想。

我得先说我是去干什么的。

因为一个冬天的禁闭和思考，我基本得出了与浮士德博士相同的结论——人生唯一能带来充实感的事情就是创造，我既然要度过这个人生就得依赖这种充实感——这种"幸福的预感"，而我无力"开拓疆土"，只会写作，只能写作，只有写作。于是我痛下决心，从此远离风月情事，远离情感纠缠，远离那些毫无意义的人间琐事，让写作凌驾于一切之上。

我当然知道创造除了需要决心之外，更需要的是"才能"，"才能"这件事说起来可跟你的努力、你的愿望都关系不大。想到此我冷汗直冒，马上就想抄起电话打给爱眉，让她就我的金星相位谈谈我的艺术才能。可是如果她说我的相位不佳我可怎么办？我该怎么打发我的人生？

我的决心已经下了两个多月，每天对着自己的大堆手稿犹豫不决，不知道是该出去推销自己，还是该关在家里笔耕不止。写作对我是爱好，有人习惯手里夹一支烟，我喜欢手里拿一支笔，从小如此便成了自娱自乐。少年时代我曾断言徐晨是一个作家，对自己却缺少这种期望。我决定，从现在起再不把我的写作热情浪费在情书上了！如果这是我唯一会的东西，我也只好拿它闯荡世界了。

在我给杂志写专栏、给广告公司写策划、给影视公司写了几个有始无终的电影剧本的那段日子里，郭郭的电话找到了我。

"我们公司各种人都要！"她说，"下星期把你写的东西给我一些，我交给我们艺术总监看看。"

"好。"

郭郭是我大学的同班同学，在一家叫"天天向上"的文化公司里做策划，她的任务是为刚成立的公司找一群年轻写手，写什么的都要，因为"天天向上"的业务包括出书，办杂志，做剧本策划，制作电影、电视剧，也为作家做代理，你能想象出的事它都干。那两年，这种文化公司多如牛毛，所有有点儿声望的文化人都开了这么个公司。

"我们公司的艺术总监是陈天。"郭郭最后说。

星期一，我把一个电影剧本交给郭郭，那是我在出版社无所事事时写的。下一个星期一，郭郭打电话来，说他们的艺术总监明天约我去公司见面。

我如约前往。

15

《圆形棒糖》——我的剧本被陈天从一摞稿件中拽出来，拿着它坐到我旁边。

"真长大了，会写剧本了。"

他笑吟吟地看着我，我没吭声——倚老卖老嘛！

"怎么想起写这么个故事？"

"没什么，瞎编的。"

"瞎编的？我还以为是自传呢。"

他不怀好意地笑着，我也笑了。

《圆形棒糖》是关于一个年轻女孩挽救一个酒鬼作家的故事，作家总是喝酒，而女孩总是叼着一根圆形的棒棒糖，在最后的日子里，年轻女孩因误杀一个纠缠她的坏男人被关进了监狱，而垂死的老作家还握着一根棒棒糖等待她的到来……

"要拥有自己的语言是很难的事。"陈天收起脸上的笑容，正色道，"但是也很重要。"

他是说我缺乏自己的语言方式吗？他是这个意思。十足小说家的口气！剧本并不需要自己的语言方式，剧本寻求的是敏捷的表达，只有导演才看剧本，导演看的也不是你的语言方式，导演才需要自己的语言方式呢！

我像个乖女孩那样坐着，什么也没说。

"写得不错。"他最后总结说，"如果你愿意，我可以帮你代理，向别人推荐这个剧本，我们公司收20%代理费。怎么样？"

"好。"

"同意了？那签个合同吧。"陈天起身招呼他的女秘书把合同送到了我眼前，"看看吧。"

我强装镇静地拿起合同，努力集中精力向下读，我没想到事情这么简单，管它呢，反正我也不会有什么损失。

"没问题。"我努力使自己显得老练。

"那签字吧。"

他在边上看着我，我知道我的样子让他觉得有趣，有趣就有趣吧，他的优势明摆着，我不必计较。

我签了字，他也签了，合同交给了女秘书盖章。

"好，这件事完了，还有一件事——这儿有个故事，你能在两个月之内写成剧本吗？"

我走出"天天向上"的时候，忽然有了另一个想法，对于"创造"我不敢说什么，但至少我可以追逐世俗的成功，这不会比"创造"更难吧。好吧，让我们来加入这争名逐利的人生洪流吧！谁打扰我就把他一脚踢开，这才是摩羯座本色！

16

　　星期六我打电话请郭郭吃饭，郭郭说她下午要去看一个展览，问我要不要一起去，我说好啊，看完展览再吃饭。我们约了在官园见面一起坐车去。

　　郭郭是个巨能说的女孩儿，精力旺盛，对一切事充满兴趣，我们见面不到半个小时，我便对她这几年的生活以及感情经历了如指掌。她问我是否经常看美术展览，我就跟她说我从小就对美术深感兴趣，小学画的水墨熊猫得奖就别提了，上中学的时候跟一个美院的学生学素描，铅笔擦在粗糙白纸上的感觉让人愉快，一笔接一笔，连声音都十分悦耳。我不是个有耐心的人，但画画的时候却心静如水，不厌其烦。那个美院的学生认为我画得不错，可也看不出什么不能埋没的才能，画了两年也就算了。后来唯一一次重拾这个乐趣，是和一个画画的男孩恋爱以后。我们曾经一起背了画箱去野外写生，我在他旁边支了个画框，有模有样地画着，引来不少过路的农民围观。和那个男孩分手，我对美术的兴趣就只剩下看展览了。

　　我的谈话能力完全因对手而定，有了郭郭自然是你一言我一语说得很热闹，郭郭说到陈天，总的意思是觉得他不错、很有趣。

　　我们拿着请柬，边走边聊，颇费了些周折才找到位于东单附近的××胡同23号，可那儿怎么看都是个大杂院，不知道展览在何处，门口也没有任何指示。我们在门口犹豫的时候，只见几个长头发、大胡子的人朝这边走来，我知道对了，只要跟着他们就行。果然，他们熟门熟路地进了院子，三拐两拐地来到一个门前，不用说了，门口还站着好几个跟他们类似的人，原来是个私人画展。

进了门才发现这里别有洞天，房子倒是一般般，但收拾得很有味道，花草门廊，错落有致，院子中间挂着七八个鸟笼。这些鸟笼可非同一般，上面长满了白色的胶皮奶嘴，密密麻麻，又是怪异又是好看。满院子的艺术青年和艺术中年就在这些奶嘴下面走来走去，交谈寒暄。

在这种场合，没有比干站着更惨的了，展览十分钟就看完了，剩下的时间大家就拼命和别人交谈，显出和所有人都很熟的样子。我和郭郭也加入了奶嘴下晒太阳的行列，跟着大家点头寒暄。

"阿波罗·赵。"我从名片上抬起头，看着眼前这个大脑袋的阿波罗，他除了脸盘大、头发向外发射般地竖着这两点之外，看不出他和太阳神的关系。

"那边那位是我的夫人。"他指着远处一个披着黑色披肩的女子。

"您夫人不会叫维纳斯吧？"

"你们认识？"

"还没这个荣幸。"

阿波罗·赵又递给我一张名片，上面写着"维纳斯·孙"——居然言中。

"你们一家把美、艺术、爱情全占了，别人还混什么呢？"我逗他。

阿波罗·赵腼腆地笑了："没什么，没什么。"

他这么坦然倒显得我小气了，爱眉这时进了院子。

"爱眉，爱眉！"我招呼她，把她介绍给郭郭，两人马上聊了起来。爱眉的父母都是画画的，都画国画。爱眉出于对家里堆得到处都是的笔墨纸砚的反抗，除国画之外的所有美术门类都感兴趣。

每次到这种场合我都会赞叹爱眉的社交才能，她跟谁都有的说，跟谁都说得来，而且全都轻松自如，我就僵硬多了，不是滔滔不绝，就是一言不发。

"当然了，我是双子座。"爱眉说。

"我明白你为什么不肯去乡下种菜了。"

"嗯，我需要活人。"

"活人，说得真恐怖，你不会吃他们吧。"

爱眉好脾气地笑："我对人有无限的兴趣。"

郭郭是爱说话，爱眉是爱交谈，这两者之间有些差别。

我们都认识的一个画家郑良神气地带着个外国女人向我们走了过来，他面色黝黑，脑后有辫，说话大舌头，颇有活动能力。

"这是卡色琳，美国使馆文化处的。"

我们都向那个瘦小的黄毛女人点头。

"这是陶然，这是爱眉，她们是搞文学的，批评家。"

"我可不是。"我一点儿亏都不肯吃。

"今天有你的东西吗？"爱眉问。

"有啊，你们还没看呢？靠墙那七八幅都是我的作品。"

我侧过头，墙边的确竖着七八幅大画，它们看起来全都一模一样，以致被我忽略了。

"你画的是什么？它们看起来像是——葫芦。"我指着画布上的一个个连环的圆圈问。

"你挺有艺术感觉的嘛。"

"不敢当。"

"——就是葫芦。"

"果然。你为什么画这么多葫芦？"我用手画着圆圈。

"这是我的新画风，葫芦代表中国哲学思想，体现了中国那种形而上的、飘的东西，是一种八卦，八卦风格。葫芦蕴含了很深的哲学意义，它的两个弧形象征连在一起，这种连法代表的哲学，我们应该学习这种连法儿……"

我很难告诉你郑良到底说了什么，因为凭我的复述，这些话好像有了点逻辑关系，但是我敢保证，他说的时候绝对没有。

郑良的阐述被一场行为艺术打断了。大家把一满脸粗糙、年龄不清的男人围在中间，他下身赤裸，软塌塌的生殖器上拴了一根绳，绳子的另一端绑着一只小鸟，那可怜的小鸟肯定是受了惊吓，扑棱着翅膀上下左右飞蹿，带着那裹着包皮的黑东西来回乱抖。

"题目是：'我的小鸟一去无影踪'。"爱眉在念一份介绍，"小鸟不是在那儿呢吗？"

"没看见有人在边上拿了把剪子准备吗？"郭郭提醒她。

"噢，看见了。你说他是要剪线，还是剪鸡巴？剪线就无聊了，剪那玩意儿还有点意思。"

"走吧，会让我对男人丧失兴趣的。"我拉爱眉。

我和郭郭、爱眉出门以后，郑良还在后面喊："再待会儿吧，一会儿艺术家们要出去吃饭。"

我们决定放弃和艺术家们一起吃饭的机会。

"你说，你倒说说，你认识的画画的人多，是不是我有偏见？他连一句完整的话都说不利落——'我们应该学习这种连法儿'！老天爷，这是什么话？！有一次他给我写过一张便笺，说他晚上要去看话剧，知道是哪两个字吗？'化剧'，'化学'的'化'，'剧'字倒是写对了。有一些字是可以写错的，比如说'兴高采烈'的'采'，但是有一些字是不可能写错的，除非他是个白痴！你说他是不是个白痴？或者我有偏见，我有文化歧视。画画的人都这样吗？他们因为不会用语言和文字表达，所以才画画的？"

　　我在吃饭的桌子对面朝爱眉挥舞着筷子。

　　"是吗？是吗？他真的这么写的？"郭郭大叫。

　　"肯定不能这么说，画家中有学识、善表达的人大有人在，多了，比如惠斯勒，你爱的王尔德还抄袭他呢。"

　　"我现在不像以前那么爱他了，他的俏皮话太多，真正谈得上观点的东西太少。不说他。"

　　"当然像郑良这样的人也不在少数。有一种说法——最无学识、最没文化的人是最有天赋的艺术家……"

　　"比如卢梭。"郭郭说。

　　"比如卢梭。"

　　"可是你说他是卢梭吗？他是真的有才能只是表达不出来，还是根本就是个白痴？"我说。

　　"这个有待时间的考验。"

　　"我看他多半是个白痴。"郭郭肯定地说。

　　"我小时候天天见的都是画画的人，后来我父母叫我学画，我死活不肯，因为很多人都像郑良这样，我看不上，我喜欢用语言表达。不过后来我的确遇到过几个很有才华的人，但是他们什么也说不清。"

　　"好吧，那我们再看看吧。"我表示同意，但仍坚持说，"幸好我没学画画，每天和说蠢话的人在一起我会发疯的。"

　　"跟美术相比，你肯定更有语言才能。"

　　我打出租送爱眉回家的时候，她说。

"何以见得？"

"你自己不知道？"

"我不知道到什么地步能算'才能'。我的金星怎么样？"

"这得绘制星宫图，把你的九颗星星都放上去看它们的相位。"

"这么复杂？什么时候你有空、等你头不疼的时候，我想知道！"

"行。"

——有爱眉这样的朋友能解决多少人生的难题啊！

"要相信你的直觉，你有直觉能力。"爱眉下车的时候说。

17

　　如果我真有爱眉所说的直觉能力，我得说陈天给我的这个故事是个狗屎。一个中学生爱上了他的女老师，假模假式的性觉醒，矫揉造作，莫名其妙。还得避免过激的行为，避免实质性的接触，偷看女老师换衣服是肯定不行了，寄匿名情书还不知道能不能通过审查。

　　我把剧本大纲给陈天的时候，他沉吟着，我就把这些话跟他说了，当然没提"狗屎"。

　　"香港人，他们出钱拍这个电影。"他言简意赅，"编剧嘛，是个职业，你要不要写它？"

　　"要。"

　　我回答得这么干脆把他逗乐了："我们当然可以弄自己喜欢的东西，女孩挽救作家呀什么的……"他讽刺我，"不过你还年轻，锻炼锻炼，挣点钱也不是坏事。"

　　"多谢指点。"

　　"不过要用心写。"他挥了挥手里的大纲。

　　"我回去重写。把港式段落删掉，写一个青涩的初恋故事如何？"

　　"好，我看这个你在行。"

　　我忍住了不跟他斗嘴，很正经地说："下星期给你。"

　　"跟我出去吃饭吗？我要去见两个人。"他抬头看看墙上的钟，轻描淡写地说。

　　我脑袋里的警铃颤动起来，一闪一闪地亮着红灯，我给了他两秒钟的犹豫，回答说："不了，我回家。"

"聪明，其实我也懒得见他们，可是不行。"

他拿出一副对待同龄人的态度把我送到门口，伸长手臂帮我开门。

"下星期见。"

——要相信直觉，我的直觉告诉我，和陈天保持距离。

陈天有个坏名声，喜欢女人是许多艺术家的坏名声。这个坏名声表明他们是性情中人，他们情感炽烈，热爱美好的事物并且真挚忘我。我相信他们中间大多数人对这个名声并不反感，像徐晨这样的作家还努力保持这个坏名声呢。（混迹其中的下流坯除外，我从不谈论下流坯。）

不是道德禁忌，别跟一个喜欢拜伦的人提什么道德禁忌，对于什么可以做、什么不可以做，他们有自己的准则。我的问题是我已经说过我要远离风月情事，也就该远离那些情种，特别是那些还蛮不错的情种。

18

　　一个半月后，我如期完成剧本，起名叫《小童的天空》，小童是那个爱上女老师的中学生。剧本交给陈天的时候，他很高兴，说很少有编剧提前完稿。除了这个，他没提什么意见，说等香港人看了再说。

　　写作是一件内耗的工作，让人身心俱疲，而放松身心的办法有人是喝酒作乐，而我是散步做爱。我每天散步，在散步不起作用的时候就做爱。我认为身体放松的时候大脑才能很好地运转，当然，有个限制——做爱的时候只能用身体，不能用心，写剧本需要冷静。

　　那阵子，我和一个叫亚东的男孩有过一段交往。

　　亚东沉默寡言，有种处乱不惊的冷静，是我当时偏好的类型。这种人我一眼就能从人堆里拣出来。在一个酒吧不知为什么的莫名聚会里我们没说上两句话，但还是在离开前互相留了电话。两个星期后我打电话给他，我们一起出去吃了饭，饭后去了一家台球厅，他手把手教了我两个小时的台球。

　　两个人在一起的时间不论长短，都会形成一种特定的方式，就像是计算机的默认值，一启动就是这个模式，大家都省事。我和亚东的默认值是——不谈论感情，不介入对方生活，由我打电话定约会，不一起过夜。

　　这种默认值使我在决定不和男人来往的时候，没有把亚东算在其中。

　　剧本快写完的时候有一次我打电话给亚东约他见面，他犹豫了一下，问我什么时候。

　　傍晚时分，他如约来到我的小屋，迟到了四十分钟。他没解释，我也没问，我们像往常一样做爱。

天完全黑下来以后，我打开台灯，知道自己又可以安静地写上一阵子，心满意足地靠在床边看他穿衣服。

他背对我，忽然说："刚才迟到了，下午我在做婚前检查。"

"你说什么？"我的脑袋已经不知道飞到哪儿去了，被他这句话拉了回来。

"我明天结婚。"

就算我企图镇静如常，也还是愣了一下。

他转过身看着我，表情依然平淡，但我看得出他对他的话产生的效果很满意。

我知道我该说点什么："你们看了那个他们说很恶心的成人毛片吗，下午？"

"没看，要不然还得晚。正好有一拨人看完出来，我们就假装已经看过了，盖了个章。"

"好运气。"我把衣服扣好，"那么，明天你是去登记？"

"上午登记，晚上请客。"

"那你有很多事要办吧，准备衣服，还得做头发？"我说着，发觉说的都是关于结婚最蠢的想法，只得作罢，"我不知道——反正肯定得干点什么。"

他在床边坐下，吻我，深情的样子，久久不肯放开，让我惊讶。我想他是有意的，他要这样做，所以我其实用不着说什么，为耽误他而道歉就更可笑了。

"打电话给我，什么也不会改变。"临走的时候他说。

那天晚上，我只写了几行字就停了手，因为不对头。我一直在想亚东的事，想知道他到底出于何种理由要丢下他的新娘跑到我这儿来。为了给我留下一个深刻印象？不愿意拒绝我？他的婚姻是非他所愿的？我对他的私事一无所知，但有一点我可以肯定，不是出于爱，我们之间的一切与爱差着十万八千里呢。那么只有一个解释，他是为了向他自己证明他是不可改变的，为自己的生活制造一点戏剧性。要不他就是天性冷漠，认为世界上没有任何神圣值得倾注心血的东西。那就可怕了，我喜欢冷静的人，但极端讨厌冷漠的人。

　　什么也不会改变，还是改变了，他不是我要的人，我要的是冷静面孔下燃烧的炽热灵魂。当然，是我太苛刻了，我并不了解他，他只是一个伙伴，应该说还是个不错的伙伴呢。算了吧，这个精挑细选的男友一样让我分神，与其关心他，还不如关心我的剧本呢。

　　我伸手想拔掉电话线的时候电话响了，是爱眉，她有个好消息报告我，是关于我的金星的。

　　"你的金星与土星呈 60 度角，在星宫图里，这个分相最能表示艺术方面的卓越技巧，土星为金星唯美的审美观带来更坚毅固执的诠释，土星的结构化和金星的美感相互作用，而你星座的主星就是土星，所以它们十分和谐……"

　　"没什么可担心的了，剧本肯定没问题！"我马上把亚东忘到脑后去了。

19

星期三下午，我在陈天的办公室见到了刚下飞机的香港监制。他和陈天年纪相仿，保养得红光满面，一副商人派头，据说是香港最有钱的导演之一。

"剧本还不错，基本上可以说很好。"

看，我早知道，别忘了金星和土星的交角。

"只有一些小的地方需要修改，比如说小童的父母离婚这条线是不是太多了一点？小童的女同桌倒很有意思，可以多点笔墨，再浪漫一点，我这儿刚好有个很好的人选可以演。这些我们可以再细谈谈。"

好说，小菜一碟。

"这次真是多谢陈先生了！"因为要考虑普通话发音，香港人说话显得慢条斯理，"你们叫'陈老师'？"

"人家写有我什么事。"

"多亏陈老师的指导。"我认真地表示。

"是。"香港人点头。

"拿我开心？"

对面的陈天居然红了脸，有趣。

晚上香港人在他下榻的昆仑饭店请客，陈天悠闲自得地靠在高背椅子里，还是那件皱皱巴巴、洗掉了色的外套，和周围环境形成鲜明对比。我不说话，只是吃，吃掉了一份北极贝，一份多春鱼，一份天妇罗，还要了一碗乌冬面。那年月，这东西贵得出奇，我基本上是照着吃大户的心理吃的。

陈天的特色是心情好的时候对人亲切无比、体贴入微，心情不好的时候就冷嘲热讽、爱搭不理。那天赶上陈天心情特别好，把那香港人糊弄得马上就想和他歃血为盟、义结金兰，一顿饭吃到晚上十点半才算告终。

"我送你回去。"

饭后我跟着他走到停车场，没推辞就坐进了车里，他发动他那辆半旧的标致上了三环路。

"行了，搞妥了。"

"多谢。"

"谢我？"

我朝他笑笑，他也没说什么，算是接受了。

"他们的意见不算什么意见。"

"对，两天就改好。"

"你刚才跟他说两个星期。"

"我当然要这么说，要不然他们会觉得钱花得不值。"

"一个比一个精。"他居然语带责备，"现在我可以说说我的意见了。"

他停顿了一下，很严肃，我等着他开口。

"太简单。比原来他们的那个故事当然强，但是还是简单，我说的不是情节，而是整个氛围，没有周围环境给他的压抑感，没有社会氛围，没有意在言外的伸展感，无论是小说还是电影，它们的意味都应该在有限中无限延伸。"

我知道他在说什么，他说得对，所以我没吱声。

"你懂我的意思吗？"

"懂。"

他忽然侧头看了看我，怀疑地问道："或者我们有代沟？你是故意这么写的？"

"不能说故意，但是我的确觉得这只是个简单的青春故事，肯定成不了《牯岭街少年杀人事件》，所以不必……我该怎么说？"

"还是代沟。"他断然地说。

我嘴角有了笑意，我们各有各的优势，他的优势是年长，我的优势是年轻。

"你看了《田园》吗？"他说的是他两年前曾经很招人议论的小说。

"没有。"

"嗯，那我就没法问你喜欢不喜欢了。"

"对。"

我可不急于恭维他。

"其实，我只看过你一部小说……"

"别说了，肯定是那个最差的东西，广为人知。"

"对。很久以前看的，是你那个英国文学研究生借给我的。"

"噢。"

我抿着嘴忍着笑，他侧过头看看我。

"你以前不这样。"

"什么样？"

"伶牙俐齿。我记得那时候你不大爱说话，善于低头。"

"不是，我一直这样。"

他又看了我一眼，我认为那眼神不同寻常，但我懒得去想。那时候我还不知道我在他面前表演过少女脱衣秀，完全不知道。

车一直开到我们家楼下。

"就按你自己的主意改吧。"我下车的时候他说。

"不是按我的意思，是按香港人的意思。"

"说得对，我把这事忘了，算我没说。"

"哪里，受益匪浅。"

"伶牙俐齿。"

"再见。"

"再见。"

我只有在两种情况下不大说话，善于低头，一种是心不在焉，另一种是陷入了爱情。这两种情况还都没有发生。

20

过了一个星期，陈天打电话来。

"喂，剧本改得怎么样了？"

"在改。"

"不是说两天就改好吗？"

"看看能不能增加点社会氛围。"

"讽刺我？"

"没有，认真的。"

"明天晚上有个酒会，是我们公司的一个合作伙伴办的，你有空来吗？"

我沉吟了一下，公司的酒会，那么说是公事。

"来吧，可以拿一套新书看看，都是刚翻译过来的新书。"

"好。在哪儿？"

"六点到公司来吧，我们一起去。"

电话再响，是郭郭打来打听一个同学的电话，我想该问问她酒会的事。

"明天的酒会你去吗？"

"酒会？"

"陈天打电话说是你们公司的什么合作伙伴。"

"啊，知道了，酒会没我的事儿，他叫你去你就去吧。那个女人，在追陈天呢！杜羽非。"

"什么？"

"那女的叫杜羽非，天天往公司跑，是个国外回来的什么女博士，要和公司合拍一个电视片，还要合出一套书，什么都想插一腿。"

　　"原来如此。"

　　"不过没戏，小沈的表姐说小沈在和陈天好着呢！"

　　"哦。"

　　"沈雪，你不认识？"

　　"噢，知道了。"沈雪是陈天的秘书，我见过几次，是个比我还小的女孩。

　　"小沈的表姐是个长舌妇，最爱传小话。"

　　郭郭提供的信息已经太多了，比我想知道的还多。

21

陈天的朋友，女的，杜羽非，矮个子，精力充沛，年轻的时候应该不难看，据说前夫是个著名的作曲家。陈天把我介绍给她的时候，她显得非常热情，但是我知道她根本没把我当回事，第一眼打量她就认定了我的无足轻重，一个不起眼的小丫头，她的热情是对着陈天的。

我不知道陈天为什么要带我来这儿，这是为一套新出版的翻译图书举办的推广酒会，公司里并没有别的人来。我谁也不认识，陈天谁都认识，他不厌其烦地把我介绍给这个人、那个人，两个小时里始终不离我左右，我还真搞不懂他是怎么回事了。

"吃点东西吧。"

"你吃吧，我不太想吃。"我对那些乱七八糟的自助毫无胃口。

"不好意思。"他说。

"怎么了？"

"我知道会很闷，所以才叫你来的，因为我必须得来。"

"以后别这样了，有好事再叫我行吗？"

"行。"

他端了吃的放在我面前，盘子里每样点心一点点，都是女人爱吃的东西。

"吃不下别的，吃点这个吧。"

叉子、刀子、餐巾纸放在盘子旁边。

到底是情场老手，也真是难得。我这么想着不由轻轻笑了，没有女人在被男人照顾得如此周到时会不微笑。

"笑什么？"

"没什么。"

"你认识徐晨吗？"

我正吃盘子里的蛋挞，陈天忽然在边上问。我以为自己听错了，放下蛋挞抬起头，隔着几张桌子，徐晨正朝这边张望呢，我的眼神跟他碰个正着，向他点了点头，他则一脸撞破奸情的坏笑。

"我早就发现了，你认识的人颇多。"陈天一直在注意我的表情。

"绝对谈不上'颇'，他是这儿我唯一认识的人，除了——你。"

"喜欢他的书吗？"

他倒真把我问住了，说喜欢、不喜欢都不对头。

"嗯，这个，挺好。"

"你们是一拨的。"

他居然有点嫉妒，恐怕是嫉妒我们一样年轻。

22

徐晨，在花了两年时间也没通过英语考试、MBA彻底泡汤以后，结束了他三心二意、晃晃悠悠的生活，痛下决心闭门写作，终于如愿以偿地混进了作家队伍。他脑袋上顶着"年轻"两个字，自称"新新人类的总瓢把子"，在以后的几年以不可想象的速度迅速成名。

"酸死你！"我打电话祝贺新书出版的时候，指责他，"挺大的人，一滴露珠落在你脸上还以为是眼泪？！真敢写。"

"读者喜欢。"他扬扬得意。

"读者的牙也都酸掉了，连我这么酸的人都受不了。"

"谁让你在我的少年时期就逼着我说酸话，现在改不过来了，不说就难受。"

"我逼你？我只不过是不幸被你选中充当听众罢了！现在你得意了，不但可以尽情地说，还能因此得到钱、得到读者的喜爱。"

"重要的是姑娘的喜爱。"

"对，这是你最关心的。"

"放心吧，这只是试探性的作品，看看读者都是些什么货色，真正有价值的我还藏着呢。"

"我拭目以待。"

那天的酒会后，徐晨打电话来。

"你怎么又跟陈天混上了？"

"你不是知道我在给他们公司写剧本吗？"

"跟这么老的人混多没劲儿。"

"我在工作。"我的气不打一处来，他总是能气着我，我回敬他，"再说也许我就喜欢老的呢？！"

"我早晚会取代他们，你等着瞧吧。"

他自说自话根本不理我，他总是这个样子，就是在他最爱我的时候，我都有种他在自得其乐，与我无关的感觉。在这点上陈天比他可爱一百倍！我赌气地想着，不知为什么感到隐隐的难过。

23

那年徐晨二十八岁，单身，离异，有过一年莫名其妙的婚姻，这场婚姻对大家来说是件滑稽可笑的事，对他来说是什么我很难确定，因为他对此事的解释花样繁多。

第一次他向我解释说，当时他的小说需要一次婚姻的例证，他便和当时遇到的第一个女孩结了婚。一年后，他的小说写完，他的情绪也不再需要婚姻状态，于是便离了婚。

第二次他说，在那之前两个月他曾向我求婚被拒，他很高兴地听说我在得知他与刚遇到的陌生女孩结婚时极度震惊的反应，认为他的婚结得很值。既然目的已经达到，一年后也就离了。

第三次他告诉我：他当时和那个外号叫"小寡妇"的女孩的关系到了他没有任何理由不和她结婚的地步，这使他极度恐惧。于是，在"小寡妇"出差到广州的时候，他把随便认识的一个并无多少姿色的女孩领回家。第二天早上，当这个第一次和人上床的女孩天真地请求他"咱们结婚吧"的时候，他马上想到这是个摆脱"小寡妇"的机会，便满口答应了。

对徐晨，我唯一相信的是他的善意，而对他的解释则统统不信。我们总是为自己的生活寻找借口，而我有幸成为他的借口之一。那一阵子他习惯于把他生活中的所有错误和痛苦统统归罪于我，这足以解释他为什么会求婚，而我为什么会拒绝。好在他离婚这件事的确和我扯不上干系，那一年里我既没见过他，也没打过电话，逃过了成为罪魁的可能。

关于他的离婚倒是有一种比较具体的说法。"真是奇怪，我所有的朋友都不喜欢她，天天撺掇我离婚。结婚那会儿，我们一直都很穷，去外地装机器，每天补助才几块钱。结婚一年了，在一起也就半年。有一次和老大他们出去玩，打了两辆车，我付完了出租车钱，他们那辆车上的人没零钱，司机找不开，我就过去把钱付了，大概也就二十多块钱，我老婆就急了，说他们都比我们有钱！后来这点事闹了好几天，说我不务正业，跟这帮混混来往。我也急了，冲口就说离婚。我老婆也倔得很，搞科技的，一根筋，说离就离了。"

24

徐晨成了作家以后我见到他的机会越来越多了，因为生活圈子的接近。爱眉很喜欢徐晨，以一种鉴赏家的眼光对这个不可多得的样板怀有兴趣和好奇，常常就他的经历向我问东问西。

我呢，跟徐晨的一个朋友林木谈得十分投机，因为我俩有个共同爱好——爱好吸血鬼。我们经常讨论这个话题，比比谁收集的吸血鬼电影多，哪一部最好。林木还喜欢"科学怪人"，我对这个没兴趣，便把偶然买到的一张安迪·沃霍监制的《弗兰肯斯坦》送给了他。他喜欢科学怪人不奇怪，弗兰肯斯坦一直是知识分子的道德问题——人能不能赋予其他东西以人的生命，有了克隆这玩意后思考这个问题更加必要了。

吸血鬼不是道德问题，它更本质，所以我还是收集吸血鬼。

我最喜欢的吸血鬼电影人人都喜欢，是科波拉的《惊情四百年》，林木最喜欢的是20世纪20年代德国导演茂瑙拍摄的《诺斯费拉图》，传说那部电影里的男主演是真的吸血鬼，他每天只在傍晚出现在片场，最后致使女演员在演完此片后销声匿迹。

我的身体想获得欲望的时候便会看《惊情四百年》，它会让身体的细胞颤动起来，里面的血液流动着，红色的，是吸血僵尸的最爱，生命的液化物，它们慢慢涌向欲望之地，涌向你生命中欲望的栖身之所。

吸血鬼电影包含了人类感兴趣的一切：爱情和性欲，信仰和背叛，暴力和嗜血，永生和救赎。美丽、恐怖、香艳的传奇。

在哈尔西博士带领众人捣毁教堂中德库拉的栖身之处时，德库拉化作一阵烟雾来和敏娜幽会了。敏娜已经睡熟，但她感到了德库拉的到来，她以为自己在发春梦，便顺从了自己的欲望，对他说她多么想他，多么渴望他的抚摩，无论他是谁，她都要和他在一起，always……她是这么说的。

如果让杰米李·艾恩斯来饰演吸血鬼就完美无缺了，我马上就洗干净脖子伸过去让他咬，让他的尖牙刺进我柔软的皮肤吧，让他的欲望吸干我的鲜血吧，在你们认为我死去之后我将重生，然后跟着他漫游到时间的尽头，完美无缺。只有"永生"这件事有点让人讨厌，还是死去吧，在激情迸发的一刻死去，对我来说是最好的死亡。

吸血鬼电影也是上好的三级片体裁，有了死亡的映衬，那些俗不可耐的淫声浪笑便有了一点趣味，想想吧，每一次亲吻都可能是致命的，色情也变得庄严了。

25

酒会一个星期后，陈天再次打电话约我吃饭。

对话是如此进行的。

"写个喜剧吧，有没有喜剧故事？有人要呢。"

"有，要几个？"

"口气还挺大，说说我听听。"

"现在？"

"现在不行，我还有别的事，晚上吃饭讲给我听吧。"

"吃饭？"

"六点半，你在楼下等我。"

那天的整个下午我都心不在焉，在阳台上晒太阳，在阳光下一个一个地剪着指甲，对陈天这件事我拿不定主意。当然，我认为所有的正经事都是借口，是他的借口。而我呢，我希望为自己答应他的约会找到一个借口。情感的理由是不被认可的，我唯一接受的理由是工作。但是这又说不通，我完全可以对他说："明天公司见。"

最终，还是另一个理由使我安静了下来，躲避他的邀请，就是怯懦，球已经抛出来，不接就是失手，这对我的骄傲来说是不能容忍的。

好吧，摩羯座的人是从不退缩的，我害怕什么呢？我的人生就是为了接受挑战的。我站在街角，看着他的白色标致开过来在我身边停下。

26

我想谈谈直觉。

我的双手掌心有着相同的"十"字掌纹，它们和木星丘上"×"一起证明我有着超越眼、耳、鼻、舌、身这五种感官之外的感受力，我们通常管这种感受力叫作"直觉"，或者"第六感"。爱眉在她的朋友中进行过一个统计，发现十个人中有九个多多少少都有这种第六感。这充分说明了一个现象——人以群分，这些人像鲸鱼一样向外界发送着电波，寻找吸引他的同类，和同类的人相处有着许多方便之处，至少可以省掉很多口舌，他们通常不需你做什么解释就信赖你的感觉而不刨根问底。

基于摩羯座希望把一切理性化的倾向，将直觉理性化成了我的一个沉重负担。对于直觉这个东西到底在我的生活中应该给予什么样的重视、值不值得重视，如果重视应该到一个什么样的程度，一直是我的难题。

关于直觉在生活中的典型例子是白衬衫事件。

有一个时期我非常热衷于白色的棉布衬衫，热衷于穿，也热衷于买，看到白色衬衫就要据为己有。这种衬衫穿起来干净简洁，伺候起来则十分麻烦。首先在盛产沙尘暴的北京它一天就脏，最多穿不过两天，再者它需要手洗，要它白又不能使用含氯的漂白剂，洗干净要在阳光下晒干而不能阴干，最困难的是要熨烫平整，因为是立体剪裁的样式，前后都是随形的折皱，没有长期的实践经验很难熨平。基于这么多原因我倾向于把白衬衫作为生活中的奢侈，对自己的奢侈。这十几件白亮亮，看起来一模一样的衣服我总是亲自洗涤，然后送到外面的洗衣店熨平。说了这么多你一定明白了，白衬衫甚至体现了我对生活的态度。

有一天我偶然在崇文门的新世界商城买下了一件样式、质地都堪称一流的白色长袖衬衫，而且价钱便宜。我当时从商城穿过实属偶然，我已经约了人七点钟见面，在六点五十二分的时候看到了这件衬衫，在四分钟之内把它买了下来，走到崇文饭店的大堂正好是七点整，那个约我写剧本的合拍公司的人正在大堂里转悠呢。

写剧本的事纯属没谱，不过我觉得不虚此行，因为买了这件衬衫。晚上回到家，把它拿出来扔在床边的椅子里，准备明天送到洗衣店去熨。"369。"从衣服上把标牌剪下来的时候，我看着这个价钱，有个奇怪的念头："如果他们把它熨坏，他们会照价赔偿。"

第二天下午我把白衬衫送到洗衣店，男店主正忙着，他的小男孩在洗衣店的台阶上跑上跑下。

"小心一点，不要弄脏了。"我嘱咐他。

"放心吧。"

"这太脏了。"我看着他的工作台，白色的垫布已经成了灰色。

"我会挂起来熨的。"他保证说。

我对把这白得一尘不染的东西留在别人的脏衣服边上感到不放心，但也只得如此。

晚饭的时候我去取衣服，他才刚刚熨好，从衣钩上取下来给我，通常我是交了钱就走，从不细心打量，因此还丢过衣服。但那天出于奇怪的不安，我把衬衫举到眼前检查，马上就发现了领子上醒目的蓝色印迹。

"这是什么？"

发现了第一处，又发现了第二处、第三处，都在领子的显要位置。

"怎么回事？我不是说了让你小心一点吗？"

"我怕弄脏了，我是挂起来熨的。"店主很委屈的样子。

很快我在他的蒸汽熨斗上发现了同样的蓝色印迹，店主伸出手去蹭，被烫得猛地收回手。

"小心！"

"是复写纸。"他说。

是他开票用的复写纸被熨斗烫化，然后印到了衬衫上。

"我不是说了让你小心嘛。"我语气平淡，实际已经气昏了头。

"我把它洗干净，能弄掉，拿去漂一下就行。"

"不能漂。你不看洗涤说明吗？上面写着'不能氯漂'。"

"氯？氯是什么意思？"

"总之，还有英语，写着'不能漂白'。"

"白的，白的应该可以漂。你明天来取吧，反正我给你弄掉就是。"

最好的办法就是把衣服拿走。

我拿着衣服走回家的时候沮丧万分，那沮丧是如此巨大，不像是弄脏一件衣服造成的。那是什么造成的？

——是直觉。

对，我有直觉，我掌心有"十"字，我食指下面有"×"，我知道这件衣服会有麻烦，从一开始就知道，但是又怎么样？我并不能避免，我并不能不使它向坏的方向发展，我无能为力。我一定会把它送到洗衣店，一定是那家洗衣店，而那家洗衣店的店主一定会把复写纸放错了地方，或者把熨斗放错了地方，最终这件白衬衫一定会被弄污了领子拿在我的手里。

这是白衬衫事件引出的另一个命题——宿命。

你相信了掌心的"十"字代表直觉，也就相信了宿命。

打着"369"的衬衫标牌还扔在桌子上，那天晚上，我最重要的事情就是清洗这件无辜的白衬衫。我用了各种方法，用含酶的衣领净，用含光效因子的洗衣粉浸泡，用柔软的刷子一点一点不厌其烦地刷洗，我不是在洗衣服，我是在跟宿命作战。我知道这就是我的人生，我不抱怨，摩羯座的人生便是如此，永不抱怨，一切的一切都要由你亲手挽救。就算它已经一塌糊涂、不可收拾，我们也要做最后的努力。

但是直觉，直觉才是一种奢侈，比每天要换的白衬衫更甚。

后来我知道了，那天傍晚我站在街角等陈天的时候我在害怕什么，但是我无能为力，就像直觉对白衬衫无能为力一样，直觉对我即将遭遇到的爱情和痛苦也无能为力。

J.H.MENG

27

那天我们去了萨拉伯尔吃韩国烧烤。

出门之前我对自己说："你到底怕什么？一次普通的艳遇罢了。"

怕就怕不是！

我隔着嗞嗞作响的烧烤盘给陈天讲了一个小人物的温情故事，他说不错，问我还有吗？我说没了，我不善于写喜剧，我顶多善于插科打诨。

他说就先写这个吧，先把故事大纲写出来，他去把钱搞定。

"也帮不了你更多了，过一阵子我得关起门来写东西了。"

"那公司呢？"

"我不想管了，我不是干这行的料。"

那天晚上他没跟我贫嘴，一次也没有，我们漫无目的地说了很多话，服务员不断地过来添茶倒水，他忽然烦了，孩子似的发起脾气来："我说了，让我们自己待会儿！"

后来我渐渐忘了我是来接受挑战的，忘了坐在我对面的人是我的对手，他看起来那么温和稳重，看起来一点问题也没有，你甚至不能想象他有个坏名声。

从头到尾他只说了一句过头的话："你知道我对你一直有种偏爱。"但是他说的是实话，说的时候又那么自然、诚恳，几乎有点无可奈何，希望别人谅解似的。于是，我也只得谅解他了。

他抬起手腕看看表，九点半，该是送好女孩回家的时间了。

28

　　改好的剧本按时交到"天天向上"，由他们用特快专递送到香港。香港的传真一个星期后到了，说改得很好，No Problem。

　　那天在办公室，陈天拿了传真给我看，神情认真地说："这香港人是不是喜欢你啊？一点意见都没有？！"

　　我简直被他气乐——以己度人！以为香港人跟他一样，因为对我有"偏爱"就让他们的四百万打水漂，他们还真不是这种情种，他们是真觉得好！

　　陈天好像有点不信，不过他有他的原则，自始至终未对香港人说过他在车里对我说的话。或者从骨子里讲，他看不起他们，也看不起这种电影。

　　傍晚快下班的时候，陈天拿了个别人送的简易掌上电脑摆弄。

　　"我们有四颗星。"他说。

　　"什么意思？"

　　"看看我们能不能合得来。"

　　"最多有几颗？"

　　"五颗，不过很少见。"

　　一个四十六岁的男人，如他，竟然玩这种小孩子的把戏，真令我诧异，或者他经常和女孩子们玩这种笨拙的小花招，一种调情的表示，像一个十七岁的大男孩干的。我掩饰着自己的惊讶，很认真地翻译着显示屏上的英语，装着上了他的圈套。

　　"你们会是很好的合作者，很默契的朋友。"

　　我不敢看他，我怕他在我的目光中看出了什么而脸红，实际上我已经替他脸红了。

也许就是那天，我替他脸红，而且被感动了。

"男人只会变老不会成熟。"

想起陈天，我就会想起艾吕雅的这句诗。

29

在天气热起来之前，白土珊从法国回来了。

白土珊原来不叫白土珊，她叫白晓惠，土珊是她自己起的名字。

土珊是个水样的女孩，说她是水，不是一个形容，而是她的确是水。她从日本回来的时候低眉顺眼，眉清目秀，最是那一低头的温柔，不胜凉风的娇羞。从法国回来则大变活人，浑身晒得黝黑泛光，眼线画得又粗又翘，举手投足妖冶妩媚，穿的就更不必说了，在法国也算前卫。真不敢想她去了非洲回来会是什么样子（她自认为应该嫁给一个酋长在赤道附近生活）！

按爱眉的说法，土珊命主水，她的生命被水充盈着，毫无定力，总是随波逐流而去，所以也就注定一生漂泊无定。

土珊知道以后，决定给自己的命里加点定力，便向爱眉请教。爱眉说这个忙帮不上，她认为凡事都该顺其自然。土珊便从爱眉那儿借了很多书看。

爱眉借给她书，听之任之。

土珊研究了好一阵子，决定改名叫白土珊，取意高高的土山，来镇住她生命中的水。她认真地向大家宣布，希望以后大家都叫她"白土山"，叫得越多，就越有作用。但是，大家都不以为然，有的嫌名字难听，有的叫了也是为了逗她开心。她自己拿定了主意要去改护照，询问了几次知道麻烦重重。慢慢地，新鲜劲过了，大家重又叫她晓惠。她自己坚持了一阵子，由于水的本性，也就作罢了。

但是我一直叫她土珊，希望以此帮助她。

当然，肯定收效甚微。

当年土珊跟日本人离婚，打定主意要去法国，原因只有一个——她爱法国。法国肯定有很多可爱之处，至于土珊为什么爱就不得而知了。反正她离了婚，把小儿子扔给在北京的母亲，就直奔法国而去，一年半后和一个叫钱拉·菲力普的法国老头结了婚。

那年初夏她从法国回来的时候还没跟老帅哥钱拉结婚。关于白土珊的故事，基本上要靠爱眉来回忆，土珊自己都忘记了。

我初次见到土珊是一年前，她刚从日本回来，对日本深恶痛绝，完全不明白自己怎么会去了那种地方，还嫁了个日本人。爱眉提醒她当年如何对日本赞不绝口，风景多么雅致、生活多么精致、男人多么有情致，白土珊惊讶地看着爱眉断然地说："不可能。"

看爱眉被气得没法儿，白土珊挥了挥手，无所谓地表示："也可能，我忘了。反正现在我一天也受不了那儿。"

以我这个从小记日记，保留每一个纸片的人来说，白土珊就算是没有活过。我如此执着于记录自己的行为和感受（主要是感受，那些日记基本不描述发生了什么事），是希望借此能够从中发现一些真相，关于人的真相。观察别人当然也是一种途径，但是这比观察自己要难得多，需要洞察力，也需要对他人的兴趣（像爱眉）。作为一个不善交际的人，我选择了观察自己。我希望能够发现我在事情来临时的反应，对一个人的直觉是否准确，什么引起我真正的愤怒，什么是我最念念不忘的，我前后矛盾的行为源于什么，等等。

土珊从来不为这个费心，她只生活在当下，生活在此时，对彼时的一切，无论是行为还是想法，她既不感兴趣，也不负责任。爱眉和她是大学同学，眼见她如何五迷三道、磕磕绊绊地度过了青春时光，直到三十岁，依然故我，毫无长进。爱眉每提起她以前的事都连连叹气，说她是个神人，而土珊则总是没事人似的在边上笑嘻嘻插嘴："真的，有这种事？不可能吧！"

土珊两次在法国被偷了钱包，都是巴黎街头和公园里和她搭讪的漂亮小伙子干的。想想吧，在如诗如画的卢森堡公园（无数法国电影谈情说爱的场面都是在那里拍摄的），阳光透过栗树浓密的枝叶斑斑驳驳地洒在石板路上，黑头发的法国小伙子遇到一个妩媚的东方女子，他们互相问候，轻声交谈，四目相对，情波荡起，一切都是那么美好。

唯一的问题是，法国小伙子拿走了中国姑娘的钱包。

土珊是无畏的，因为她没有记忆。在你不知道的时候，忍受是容易的，但你一旦知道你将遭遇到什么，你就会心怀恐惧。这就是年纪越大的人越缺乏勇气的原因。

叔本华谈论人世的痛苦时说："人所具有的思考、记忆、预见的能力，是凝聚和贮藏他的欢悦和悲哀的机器。而动物没有这种能力，它无论何时处于痛苦之中，都好像是第一次经历这种痛苦。动物毫无概括此类感情的能力，因此它们漠然无虑，宁静沉着的性情是多么遭人妒羡啊！"

白土珊是多么遭人妒羡啊！

土珊的性情如此可爱，我几乎马上就喜欢她了，她去了法国以后我便常常向爱眉打听她的近况。她这次回来，我伙同爱眉免不了和她吃饭聊天，参加些艺术活动。土珊总的来说对艺术一窍不通，不反感，也不感兴趣。但爱眉认定她艺术感觉敏锐，非拉着她看话剧、看画展、买 VCD，她也不拒绝，姑且看看。

30

那几天我常常玩到很晚才回家，才进了屋，电话就响了，我料定是陈天，果然。

"喂，回来了？"

"嗯。你打过电话？"

"打过，你妈妈接的，说你出去玩了。"

"对，出去吃饭了。"

"不跟我吃了？"他声音里有点委屈，前几天他打电话来叫我吃饭，我表示说："咱们这饭是不是吃得也太勤了点？"

"总跟你吃也不太好吧。"对他最好的办法就是有话直说。

"倒也是。"

"你在干什么？"

"没什么，等你回来，给你打电话。"

"何至于？"

"是有点过火，不过是实情。"

我可不打算鼓励他，没吭声。

"你肯定不想再出来吃点什么吧？"

"现在？"

"算了，你该睡觉了。"

"哪儿就睡了，起码要到两三点。"

"干什么？"

"嗯，愣神，看书。"

"看书。你喜欢看些什么书？说说看，我对你知道得太少了。"

"现在嘛，我手边放的是邓肯写的《我的生活》，上大学时候读的书，前两天又拿出来翻，有几段当时还用铅笔画了道呢。"

"是什么？念给我听听。"

"真的要听？"

"嗯。"

"好吧。"我打开书，在桌边坐下，翻开几页，在灯下念给他听。

"十六岁的时候，有一次没有音乐伴奏，我给观众表演舞蹈。舞蹈结束的时候，有人突然从观众席里高呼：这是死神与少女！从此以后，这个舞蹈一直就叫作《死神与少女》了。这可不是我的本意，我不过是竭尽自己的努力去表现我当时初步认识到的，一切貌似欢乐的现象之中都暗藏着的悲剧而已。那个舞蹈，按我的意思应该叫作《生命与少女》才对。以后，我一直用舞蹈表现我向生活本身，即观众称之为死的东西所进行的搏斗，表现我从生活中夺取到的短暂的欢娱。"

念完了，他在那边叹了口气，像是嘟囔了一句"孩子"，两个人都不想再说什么了。

31

早晨十点，是星期天，我被铃声吵醒，迷迷糊糊地抓起电话。

"是我，一起喝杯咖啡吗？"

"几点了？"

"我在你楼下，刚送我儿子去学画画，我们有两个小时可以喝点东西。"

"才九点！我四点钟才睡！我什么也不想喝。"

他在电话里笑了："好，睡吧。"

我挂了电话，昏然睡去。

我能够睡着这一点说明在那一天我并没有坠入情网。要找出那个感情的分水岭、分界线，看来并非易事。通常来讲，我这个人处事冷静、头脑清楚，即使是胡闹也需征得自己的同意。只要理智尚存，我就无所畏惧。在我和陈天的关系里，致命的错误是我过高估计了自己的世故和老练。

爱情之于他是经常的爱好，一切都自然而然，并无损害，如同儿时种过牛痘的人，因为有了免疫力便拿着爱情随便挥舞，怎么舞都是好看。而我则站在边上干看，深知任何爱情都足以置我于死地，所以迟迟不肯加入这个游戏。

那年我二十六岁过半，和不少男人上过床，对人说爱只在十七岁的时候有过一次。

我等待着置我于死地的爱情。

32

过"五一"的时候，爱眉打电话来叫我和土珊一起去看马可的戏。看马可的戏那两年没现在这么热门，不过是艺术青年们爱干的事。

马可对他的排练场视为禁地，不许任何闲杂人等进入，但对爱眉和爱眉的朋友是个例外。爱眉是最早注意到马可的记者，在马可初出茅庐时就为他写过长篇报道。但每次在排练场的联排都邀请爱眉去并不是因为这个。

爱眉的身体是一台戏剧检验器。

联排长达两小时四十分钟，中间没有休息，结束的时候已经是下午六点多了。

演员走了以后，马可摘了他的黑框近视眼镜走到爱眉身边坐下，递给她一个苹果，又招呼大家。

"吃苹果吧，我们的规定是谁迟到谁买水果，看来迟到的人还真不少，吃不完都快坏了。"

马可先拿个苹果吃起来，大家也都跟着。

马可一边吃一边等着爱眉开口。

爱眉终于开了口："那个短发女演员是谁？我眼睛停在她身上就转移不了——太难受了。越难受就越想看！"

"是个新演员，你别管那个，戏怎么样？"马可显然知道什么该听她的，什么不该。

"第三幕中间的时候有点恍惚。"

"没头疼？"

"我今天状态不是太好。"

"怎么？"

"没有，头不疼，但是后面，中部后面有点精力集中不了。"

"从哪一段戏开始的？"

"从那个女孩上场，不，从有段音乐后面大概半个小时的地方。"

……

问到这儿就可以了，爱眉从来不说具体的。戏的哪一部分不对头，爱眉马上就会有生理反应，不舒服、精神涣散，严重的会头疼欲裂。我俩在人艺小剧场看过一出蹩脚的荒诞戏，票是朋友送的，我们坐在正中间。在我如坐针毡的一个半小时里，亲眼看见爱眉在我旁边用矿泉水吃了两次止疼药。那以后，我们相约永远封杀这个导演。

那天，我、土珊和爱眉看完马可的戏一起吃晚饭的时候，一直在讨论到底是人身上的什么东西会引起我们的好恶。爱眉和我讨厌戏中那个短发的女演员，而土珊则对一个看起来很可爱的男演员一百个看不顺眼。我们断定那个并不认识的女演员是个是非精，而白土珊则指责那个男演员不诚实。我们为这两个毫不相干的人费了不少口舌，直到完全天黑才各自回家。

回到家，我先去父母那边报到，正好老姐过节回娘家来了，一进门就遭到她一通抢白。

"你年纪也不小了，不能总是这么没谱！想起一出是一出！在家里你小可以，外面做事别人可不把你当小孩，不守信用别人怎么能相信你？不相信你，你还做什么事？"

"这是哪跟哪啊？"我莫名其妙。

"你跟人家约好了为什么还出去？"

"谁啊？我跟谁约好了？"

"一个姓'陈'的！就这么一会儿我接了他三个电话！说你们约了晚上谈剧本，可他找不着你！"

"陈天？"

"看，完全忘到脑后去了！还不快给人家回电话！"

我最好的办法就是什么也不说，跑回自己的住处。

可恶的陈天，编这种谎话！想不出更高明的吗？害我有口难辩遭一顿训斥。又出什么事了？他昨天打了电话，说过节家里的事会很多，这几天就不给我打电话了。其实他没必要交代，我们的关系到不了那一步，也许他打定了主意要这样对待我。

"喂，我是陶然，你找我吗？"

"嗯，你回来了。"

他的声音听起来有点不对劲，我打消了和他贫嘴的念头。

"我去看戏了，你怎么了？"

"我一整天都在想你。"

我沉默以对。

"出来好吗？我想看看你。"

"你在哪儿？"

33

晚上十点的时候，陈天的车开到了楼下。

他看起来温柔而忧伤，是我钟爱的神情。

"你怎么了？"

"其实看看你我就可以回去了。"

"找个地方坐会儿吧。"

他点点头，发动汽车。

"我从来没对你说过我自己的事吧？"他一边开车一边说，并不看我。

"没有。"

"我想跟你说说。"

"嗯。"

"我总是会陷入这种尴尬的境地！"

他看起来紧张而沮丧，我等着他往下说，他好像不知道如何开始。

"一会儿吧。"

他自己的事情是跟女人有关的，大家都知道他有老婆孩子，也知道他不和他们住在一起，他有另外的生活、另外的情人，总之，麻烦多多。

我们在附近的酒店咖啡厅坐下来的时候，他已经安静了许多。

"带儿子去哪儿玩了？"我想该谈谈轻松的话题。

"去钓鱼。"

"收获怎么样？"

"不怎么样。想着你心不在焉，鱼咬钩都不知道。"

"是在鱼塘里钓吗？"

"对。"

"那就下网捞吧。"

"不是那种小鱼塘，很大。下次我们一起去。"

"好。"

他在对面笑了笑，很疲倦的样子："你总是能让我安静。"

他对我讲起他的父母、他小时候他们之间的冲突。他父亲是正统的老文字工作者，曾是一家大报的主编，而他从小就叛逆，他们的冲突持续了很多年，直到后来才发现他们都以对方为骄傲。

"我父亲曾经对我母亲说，这孩子别的我都不担心，只恐怕会在'女人'方面有诸多麻烦……"

"他说对了？"

"是，当时我可不理解，我才二十几岁，刚开始谈恋爱。"

"他目光敏锐，看到了你还没觉察的东西。"

"是。"

他沉默了片刻，我想他认为自己永远成不了他父亲那样的人了，他在心底为此感到难过。

"我想让大家都高兴，但是这是不可能的。不管是不是出于好心，办的总是错事。"他没头没脑地这么说，"等我把这些乱七八糟的事解决完了，你早就结婚生子了。"

我能说什么呢？

"我会去英国待一个月，跟我去吗？"

我摇摇头。

"想想，还有时间，想去了就告诉我。"

我笑了笑。

　　到底他为什么事沮丧、被什么事纠缠，最终他什么也没说，我什么也没问。现在想起来，我们在一起的那一年时间里，我从没问过他任何问题。有几次，他试图说起，我想他甚至希望我问上一句好继续这个话题，但是我终于还是问不出口，他说到哪儿我听到哪儿，是出于尊严吧，我不问，就是说我和他身边其他的女人没有关系。

　　他像往常一样送我回家。

　　"对不起，太晚了。"

　　"哪里，我经常这个时间出门呢。"

　　"别那样。"

　　"'别那样。'"我学他，"这话是我妈爱说的。"

　　"我比你大二十岁，你以为我没想过这个？"

　　"就是说你已经谈恋爱了，我还在羊水里闭着眼睛呢！"

　　"说得真残酷。"

　　"得了，没那么可怕！"

　　他没搭茬儿，忽然伸长手臂握住了我的手，我没有动，他也没有再出声，就这么一路开到了我们家楼下。

　　陈天刹住车，才松开我的手换了挡。

　　那天晚上我回家以后，很想打个电话给他，因为刚才标致车里的气氛着实异样，我想我该开几句玩笑把那暧昧的气息消解掉，但他的电话一直占线，我知道那是他的麻烦在占线。

　　又过了一天的晚上，我打电话给他，他在电话里语气生硬，非常不耐烦，说了一句以后才发现是我——他把我当成另一个女人了。我当时暗下决心，永远不让他对我用这样的语气说话！如果拒绝他的爱情能够达到这个目的，那么就拒绝他。

拒绝他，我打定了主意。

但是他要求了什么呢？可拒绝的只有亲近和好意。

34

《小童的天空》已经定稿，香港人正在筹划合拍事宜，我没有什么公事要去见陈天了，我想不见也好。

我接了别的活儿，非常忙碌，除了签合同、拿钱几乎足不出户。

作为一个初出茅庐的编剧，那两年我基本没有拒绝别人的可能，什么活儿都接，什么苛刻的条件都答应。到现在落下了恶果，就是喜欢拒绝别人，而且总是提出苛刻的条件。特别是对那些年轻导演，毫无同情心，绝不手软。不折磨年轻人，年轻人怎么能够成长？

一个性情严肃的人，像我，要完成那些一次又一次没头没脑的讨论，交涉、谈判、扯皮、讨价还价，真不是一件容易的事。每每有人称赞我善于和人打交道，我都懒得申辩。谁也不知道，我在进门之前，在我对人笑脸相迎、伶牙俐齿之前，我要对自己说："一、二、三，演出开始了。"谁让我答应了自己要扮演好自己的角色呢？

我和各种各样的人打过交道，势利小人、最无耻下流的、自以为是的、看来冷酷傲慢却心地纯正的，什么样的都有。我实在不擅此道。

35

再说说徐晨吧。

徐晨成为作家以后一直向我索要当年他以情书轰炸的方式寄给我的情书，我一开始很自然地答应了，但因为需要翻箱倒柜，还要把它们和其他人的情书分拣出来，实在麻烦懒得去管。这些是我准备老了以后再干的事。可他三番五次地提起此事，如此急切我倒有点怀疑起来——何至于此？

"还给我吧，我都不敢出名了。"终于有一次他说了实话。

"活该，谁让你当时寄给我的？让我难堪了好长时间。"

"我错了，这个错误的历史就让我们一笔抹掉吧。"

"那你敢不敢在你的书里写我？"

"不敢。"

"你答应永远不写！"

"我答应。"

他答应得这么痛快，绝对有问题！并不是说他存心骗你，可是双鱼座的人从来都是主意一会儿一变，什么时候说的都是真心话。我知道他还答应过其他女孩不把他们的爱情当成小说素材，并且当场把写好的部分从电脑里删掉了。但是，结果呢，他的电脑里另有备份！

狡猾的双鱼！

"我考虑考虑。"我答复他说。

"可你以前都答应了！"

"我改主意了！你不是也常常改主意吗？"

"好吧。这只是一个小要求，如果你对我有什么要求，我肯定是会尽力满足你的。"他最后来了个感情要挟。

他索要情书这件事真是让我百思不得其解，他总不至于真的以为我有可能公布他的情书吧？

他要是真这么以为，我还真就不给他了！

事情到这儿还不算了结。

几个月后在一本杂志的联谊会上碰见他，因为现场正组织来宾进行拔河比赛，我们只得坐到了一边聊天。

"我希望我的书让别人得到安慰，得到帮助。我是认真的。"

"当然。"

"当然我也因此得到好处，但最本质的目的是追求真理，其他不过是附带的好处。而且也不一定有好处，也许我会为了写作毁了我的生活。"

"你是这么干的。"

"有时候我想，应该把咱俩的故事好好写出来。你想想，有多少天真的年轻人遇到与咱们一样的苦恼而得不到帮助，我们有责任……"

"想都别想！"我粗暴地打断他，警惕地说。

"这只是我的一种想法，我正在考虑。"他用玩笑的调子总结说，然后开始就一个熟人的女朋友大加讽刺，一直到各自回家也没再提这码事。

他不是认真的吧？我到家喝下了一杯水后又想起了这事。他肯定是认真的！这个狡猾的双鱼座，弄不好，他已经开始写了，甚至已经快写完了，他干得出来，好像漫不经心地说起，其实心里早就打好了小算盘。看，我比以前了解他了。

我毫不迟疑地抓起电话打给他："你要写我，咱们就绝交！"

"我暂时还不会写到你，我要写的东西还很多。我会考虑你的话的。不过，"他以作家的傲慢态度补充说，"如果我决定了，什么也拦不住我。"

"当然，我相信你干得出来。我只是想告诉你，我跟你不一样，我的想法不会随着时间的推移改变。等你准备写的时候，别忘了我的话就行了。"

"我明白你的意思，我会慎重考虑的。"他答应说。

这个电话就这么结束了，因为气氛有点严肃，不便于畅所欲言。后来我们又谈到过这个问题，他总结说："你不要在意是写你好，还是不好，你要注意我写得是否真实。"

"向一个 B 型血双鱼座的人要求真实，那可真是痴心妄想！"

他也有点拿不准了："至少我努力。"

"我不想把自己的形象建立在别人的努力上。"

"别人并不知道你是谁，你只是小说里的一个人物。"

"你还要说我会因此不朽吧！实话告诉你，我讨厌被别人描述！无论是好，还是坏，都一样。你在抢我的东西明白吗？我的描述是属于我自己的！那些不擅表达的人可能不在乎，因为他们缺少这个本领，他们也许还巴不得被你描述呢！但是我不——愿——意。"

"原来是这么回事。"

他沉吟着，有点犹豫。为了彻底断了他的念头，我继续威胁他。

"你要是敢写我，作为报复——我会把你留在我这儿的情书拿去发表。"

"那只会让更多的姑娘发现我感情真挚，她们会更喜欢我。"

"我肯定会拣其中文笔最差、感情最夸张、最愚蠢可笑的发表。"

"她们不会相信的，她们会认为你是为了出名而耍的花招，也许倒会败坏你的名誉。"

"那我们就试试看吧。"

"我有名，有名说话的机会就更多，她们就更容易相信我。"

　　"同样的事情，有名的人会比没名的人受到的伤害更大，因为影响肯定更广。你仔细想想咱俩谁更有名？"

　　"可你也仔细想想咱俩谁更重视名誉，我可是以破罐破摔闻名的。"

　　"不过就算破你也总希望是自己摔的吧，别人来摔你想想那滋味……"

　　"我的人生就是用来接受打击的，你做过这种人生准备吗？没出手我就已经先胜了一招。"

　　……

　　在斗嘴方面我一直不如他有才能，等他讲到这件事如何彻底毁了我的人生、给我带来各种各样的不幸以后，我再也听不下去了。

　　"好吧，我们的互相伤害到此打住吧。我们肯定都有这方面的才能，不说我也知道。"

　　那以后我们再也没有谈过这件事，我们都避免谈起。

36

半年后，徐晨的新小说出版了，我们的故事暂时还没有列入他的写作计划，或者说他暂时让它搁置了（他抱怨说其实他已经写了两万字，弄不好他要情书就是为了写书）。但是我知道，终究有一天他会写它，你不可能阻止一个为表达而生的人只感受而不去表达，毕竟他可以要求作家的权利，这甚至是他的义务呢。

让一个人放弃他的权利和义务可不是件容易事，在道德上也说不通。最终，我想到一个主意，就是把我和徐晨的讨论如实地记录下来。我的"如实"当然也仅仅是一种努力，这种努力的成果一直是值得怀疑的。

这件事情其实并不简单，它跟人生的意义、写作的目的、真实的标准、主观和客观、物质世界和精神世界的关系，这些基本问题都有关系（当然，所有的问题归结到最后都是这些基本问题）。

我知道很多人是因为成为小说中的人物而不朽的，于连·索黑尔、被称为"茶花女"的玛丽·迪普莱希，甚至吸血鬼德库拉伯爵，他们都曾经真实地存在过，但这不重要了，他们因为成为别人构想的另一个人而不朽。

伊利耶－普鲁斯特书中美丽小城贡布雷的原型，1971 年起竟改了名字叫作伊利耶－贡布雷，这就是描述的力量，伊利耶只是个不为人知的小城，而伊利耶－贡布雷，这个文学的产物却名留青史。要被记住，一个人的记忆必须成为公众的记忆。

曾经有一个黄昏，我在巴黎蒙马特尔公墓寻找茶花女的墓地。密密匝匝竖立的墓碑中，她的墓并不难找到，守墓人画出路径、旅游指南上有标示，墓碑前甚至有鲜花，这一切不过是因为她被一个叫作小仲马的人描述过。这就是描述的力量，我深知这种力量——她失去了自己的真实面貌，却获得了不朽。

关键是没有人关心她是否愿意这样。

一群跳舞的女孩子拿着徐晨的书互相对照，哪一句写的是我，哪一句写的是你，徐晨认为她美丽吗？或者他曾经差点爱上她……她们都以此为荣。

徐晨说："我应该多写点，没有写到的人还很伤心呢。"

"你就是那种比照片还好看的人，你就是那种睡着了也好看的人，你就是那种能让我笑出声的人，你就是那种不要音乐也可以在北京肮脏的灯影里跳舞的人……"

我相信很多人私下里都希望能够被人如此赞美。

当然也有这样的可能，他的描述使你无地自容。因被徐晨写进书里而跟他绝交的人有那么几个，心存积怨的人就更多，比如那个被他叫作"天仙"的姑娘，在关于她的小说出版以后从他们的朋友圈里消失了好一阵子。

徐晨有过一个年轻的女友叫小嘉，在酒吧里偶然遇到徐晨书中的"天仙"，小嘉年轻气盛，看到"天仙"很不服气，凑到徐晨耳边说："这就是比照片还好看的人？这就是那种睡着了也好看的人？这就是那种不要音乐也可以跳舞的人？她要是天仙，我就是天仙的头！"

徐晨被小嘉说得哈哈大笑。

37

　　我私下以为，徐晨像歌德和里尔克一样，写作时把光辉的女性视为潜在的读者。像歌德一样，他勾引纯洁少女，让她们失去童贞，遭受痛苦，然后为她们唱一首优美的挽歌。

　　看看浮士德是怎样对待甘丽卿的吧，引诱她，让她怀孕，迫使她弑母杀婴，被判绞刑，在监狱中发疯，死于她的疯狂。而最终，她才能作为永恒的女神引导男人迷途的灵魂进入天堂，这就是光辉女性的命运，这就是男性社会赋予我们的美感。

　　除非我们有更加强大的精神力量与之抗衡，否则就得接受这种美感。

　　多年前徐晨就向我说起，他总是在梦中见到一个女神，这个缥缈仙境中的女人从小到大一直伴随着他，有时候她生在一个气泡中，轻盈无比，带着她的气泡在天空和河流间行走，在阳光下变幻五彩的光晕。他把她当成他的梦中情人、完美爱人，在现实中不懈地寻找，希望有一天奇迹出现，他便不枉此生。

　　徐晨有自知之明，他知道他的书就是春药，会吸引无数渴望爱情的姑娘上前辨认他、寻找他，或者仅仅因为好奇过来看上一眼，不管是哪一种，他便会有更多的可能找到更多的姑娘，而他完美的爱人肯定就藏在这更多的姑娘中。

　　我对他说，他所有的书都可以用克尔凯郭尔的一本书的名字概括——《勾引者手记》，他则委屈地回答："你以为那容易吗？那也得找到好的被勾引者！"

　　因为看了徐晨的书而爱上他的女孩都希望成为他的传奇，他也希望有这样的传奇。但就是这样心往一处想，劲往一处使，要成为传奇也并非易事。徐晨知道这个，他比年轻时颓废了很多，大概就是明白，他也许永远遇不到他梦想中的完美女性了，但他并不准备放弃，依旧以西西弗推石上山的勇气继续坚持下去，继续找下去！

38

5月最好的日子，我被关在远郊的一家饭店里写电视剧，直写得我头昏脑涨的，整日恶心。

陈天常打电话到饭店的房间慰问我，听我骂骂咧咧地抱怨这个傻×、那个傻×，他总是笑，我的一切倒霉事都成了他的笑料。我渐渐习惯等他的电话，需要他的声音，只能说我是被那个倒霉的电视剧逼的。

陈天在电话里给我讲了很多他小时候的故事。

陈天小时候住在报社的大院子里，前院住了一个当时著名的作家蒋凭，陈天小时候非常淘气，常常爬到蒋凭的后窗外玩。蒋每次听到后窗有响动就会问："是小天吗？"然后打开后窗让他进来。他可以在蒋家东游西逛，只是不许进蒋的书房。他因此觉得那书房十分神秘。蒋说："等你到了看书的年纪，我会给你准备的。"后来"文革"来了，院子里的气氛变得很怪异恐怖，有一天蒋把陈天领进家，走进原本不许他入内的书房，桌子上摆了很多书。蒋说："这些书你拿回去吧。"陈天说他当时觉得太多了，不愿意拿，便说要回家问问母亲。第二天，红卫兵来了，蒋凭被他们带走，门上贴了个大封条。没过几天消息传来，让家属去认领尸体——蒋凭自杀了。陈天在一个傍晚再次爬到蒋家的后窗，透过窗格看着堆在桌上的那些书，为他准备的书。

陈天十二岁开始抽烟，他用各种办法去弄烟，偷父亲的烟、省了早饭钱买烟，甚至抽过茶叶。有一次他正在他家大院附近的一条死胡同里伙同院子里的孩子抽烟，被他妈当场抓住，回家被父亲暴打一顿。他十六岁那年，和那时候所有的年轻人一样戴着大红花坐火车走了，父亲去车站送他，给了他一条中华烟。

陈天在云南的时候得了痢疾，几乎死掉。队长看他实在不行了，开着队里的拖拉机咣当了八个小时把他送到景洪。在景洪医院的门口，要人扶着才能站起来的陈天遇到了他们学校的一个女生，他的初恋，他们站在医院门口聊了一个小时，他的病奇迹般地好了。这是他第一次看到爱情显示的力量，甚至能治好痢疾！

还有许多故事，他的流氓无产者的叔叔、当警察的舅舅，我都忘记了。我喜欢他的故事，也喜欢他对我说话的方式。

当然，我也讽刺自己，在正在写的剧本里留下了这样的台词。

——小女孩喜欢年纪大的人，是因为她们急着要证明自己已经长大成人了。

——吸引女人最简单也是最好的方式是给她们讲你痛苦的过去。

——你既想当孩子，又想当爱人，如此而已。

——等等。

中间我回过一次城，我很想给陈天打电话，非常想，但是我没打，我拨了亚东的电话，我已经有一阵子没见到他了。

我想我可能只是需要做爱，需要放松，并不一定需要陈天。

亚东从我那儿走了以后，我打电话给制片主任说："我不去密云了，我要在家写。这样还给你们省了饭钱和店钱呢。"

我不管他同不同意，反正不去了！

39

初夏有许多晴朗美丽的日子，陈天在办公室里坐不住，下午打电话过来，问我想不想去钓鱼，我说好啊。我不承认，但我想看见他。

他开车接上我，说要回家去拿鱼食。开到安定门的一片住宅区，他停了车对我说："我上去拿鱼食，你可以在车里等我，也可以上去看看，要是你觉得不合适就在这儿等我，我一会儿就下来。"

我何至于这么谨慎，自然跟他上去。

房子不大，是个单身汉的家。我在客厅里站着，四处打量，他在冰箱边倒腾着他的鱼食。不知道什么时候，他已经来到了我身后，悄无声息地抱住了我。

房间的灯很亮，非常刺眼，但是在我的记忆里却又是一片黑暗，我想我肯定是闭上了眼睛。我发现自己靠在他的怀里，自然而然，毫不陌生，我的嘴唇碰到了他的脖子，额头顶在他的腮边，我感到他的温度，黑暗中他的气息和欲望都如此接近，我想我一直拖延的事情终于发生了……

但是，他非常小心地放开了我。

后来我们去钓了鱼，收获不小，有鲤鱼、有鲫鱼，我拿回家交给老妈吃了好几天。

我得说我昏了头，车开出去很久，我还在愣神。

我当然可以，有我和他在一起的一半好感就已经有足够的理由上床了。我听见了他的欲望在我的耳边喘息，我的身体在他的手中柔软而顺从地弯曲，但是他居然放开了我。

去钓鱼的路上，陈天把车停在一家书店门口，让我在车里等一会儿，自己进了书店。

十分钟以后，他拿了两本书出来了，交在我手里——是他的小说《田园》和《我的快乐时代》。

"只有这两本，其他的以后送你。"

"不签名吗？"

他想了想，拿了笔却不知道该怎么写，我在旁边笑。

"笑我！不写了。"

"写吧，以后我拿出这两本书会想起你。"

他知道我说得对，那肯定是我们最后的结局，便重新拿起笔，一笔一画地写："送给陶然——陈天。"

书交到我手里的时候，他的手放在上面不肯离开。

"如果我们的观点不同，你还会喜欢我吗？"他问。

这话过于孩子气了，我反而不能拿他取笑。

"我喜欢你又不是因为我们的观点一致。"

这是实话，我甚至没有看过他的书，也不知道他到底持的是什么观点，那是我第一次承认我是喜欢他的。

"我想你会喜欢《我的快乐时代》，不一定喜欢《田园》。"

他开着车自言自语，独自猜度，自信全无。

40

我被关于陈天的念头纠缠。

我弄不清自己的感受，看不到他的时候，一切都很有把握，我很明白自己应该怎么想、怎么做。可是面对他的时候我竟然难以自制，竟然会心跳脸红。这些描述听起来都可笑，像个不谙世事的小丫头，哪有一点儿情场老手的做派。丢人！我就这么败下阵来了？事情是明摆着的，陈天简直可以说就是麻烦的同义词。比我大将近二十岁，有个不肯离婚的老婆、一个爱吃醋的情人、一个尽人皆知的坏名声，跟他发生任何瓜葛都是不允许的。

我想了各种话来讽刺自己。

例如：要赢得这种女孩爱情的唯一办法就是不跟她们上床。

再例如：让你们这种自以为是的女孩刮目相看的办法，就是你以为他会这么做他却偏不这么做。

再再例如：你不过是逢场作戏的把戏玩多了，想搞点古典爱情了。

但是无济于事。

想起以前的事，他或许骨子里是个纯真的人，八年前，我记得有一次见他坐在图书馆门口的台阶上，耐心地等着那个上课的女研究生下课。我这么想的时候，发觉自己竟对他充满了怜惜。这种称为怜惜的情感对我是可怕的，说明他进入了我心中柔软的部分。

无论他出于何种理由这样做，他已经跟所有的其他人不同了。

逃开吧，如果还来得及。

亚东打电话来的时候，我正在房间里发呆。我又有一阵子没给他打过电话了，他一直遵循我们的默认值不主动给我打电话，但时间长了，他决定看看有什么不妥。

我跟他说没什么事，就是最近太忙了。他等着我开口，我便说，你一个人吗？他说是，老婆出国了。好吧，就去你那儿。

我已经不愿意别人再到我这儿来，而且我怕陈天会打电话。

和亚东上床的时候，才发觉我对陈天的欲望竟是如此强烈，不只是情感的欲望，而且是确切无疑的身体的欲望，我被这欲望惊得目瞪口呆，仓皇失措。我尽了努力让自己专注于所干的事，甚至表现得更加疯狂，但是我知道我身体里蕴藏的欲望与亚东无关，我皮肤上浸出的汗水也与亚东无关，他那年轻的身体、漂亮的线条已经失去了全部魅力，我大叫着要他把灯关掉，这不是我的习惯。

我感到羞耻。

深夜我筋疲力尽，沮丧万分地回到家。

我在灯下读陈天的《我的快乐时代》。

那本书像吹一支幽远绵长的笛子，不急不躁，娓娓道来，平实自然，体贴入微，细是细到了极处，像是什么也没说，却已经说了很多。句子里看不到他惯常的调笑腔调，非常善意，心细如丝，我在字里行间慢慢地辨识他，读懂他，那里面的陈天。

41

　　在一个小镇上有一对年轻的情人，他们是如此相亲相爱、和谐美满的一对，简直就是上天为让人识别幸福的模样而精心制造的标板。但是有一天，他们忽然在花园里双双自尽了。没有人知道是为什么，在他们的爱情里没有任何世俗的和自然的阻碍，他们已经订了婚，双方的家庭都满怀欣喜地等待着他们成亲。但是他们没有留下任何话就那么简单地死了。镇上那些爱嚼舌头的人开始猜测两个年轻人一定做了什么不光彩的事，女方的家长为了证明女儿的清白，请了人来验尸，发现那死去的女孩子还是处女。唯一的解释是——他们的爱情太过美丽，生命里容不下如此纯洁美好的东西，保持它原封不动的最好方法就是把它及时毁灭。

　　我已经没有力量及时毁灭这爱情以保证它历久弥新。

　　如果毁灭注定要来，就让他毁灭我吧。

42

我在饭馆吃饭的时候有个习惯，熟悉我的人都知道，我从不吃刚上的菜，从来不会和大家一起把筷子伸向刚端上来的鱼或肉，或任何东西。我说是教养，他们非说是怪癖。无论是什么，这说明了我对待事物的态度——在最初，我总是有所保留。

这个习惯尽管奇怪，却没有像另一个习惯那样给我带来麻烦——那就是接到别人礼物或者接受别人好意的时候，我和别人的表达方式不同。

在我不满二十岁的时候，有一次徐晨为了看到我欣喜若狂的样子，在冬天不知从哪儿买来一束鲜花。那年月，全城没几家花店，买花的事在学校可算是闻所未闻。但这本可引起轰动的浪漫行为并没得到预期的反应，我以出奇的平静接受了鲜花。徐晨一直对这件事耿耿于怀，在我们分手时还特意提起，以证明我的冷漠无情。我并不是不欣喜若狂，但我羞于表达，我认为因为收到别人的礼物就欣喜若狂有失体面，当众表现出来就更不可取，所以通常越是欣喜便越是冷淡。后来我才知道别人都不这么想，我对别人礼物的回报必须是欣喜若狂，于是便模仿着别人，模仿着电影中的女人开始大声尖叫："真是太美了！这是我收到的最好的礼物！"以后，没有人再抱怨。

我知道许多人习惯夸大他们真实的爱意或好感，而我习惯于掩饰。

所以，你应该明白，为什么"克制"对我来说是最值得尊重的品质。

克制是尊严和教养的表现，必须借助于人格的力量。那些下等人总是利用一切机会表达发泄他们的欲望，而软弱的人则总是屈从于欲望，他们都不懂得克制。

　　在这么一个张扬个性的时代，更加没有人视克制为美德。

　　对陈天的爱情我准备放弃反抗，不再挣扎，听之任之，因为他的克制，他便应该得到奖赏，得到他想要的一切。

43

还有一个应该拣出来说的词是"不安"。

不安感是我人生的支柱，一切事情的因由。为了消除这种不安，我拼尽了所有的力气。年轻时放纵的日子，寻根溯源也是来源于此。我寻找刺激和不同的状态，是因为我害怕我的生命空空落落，唯恐错过了什么，唯恐那边有更好的景致、更可口的菜肴、更迷人的爱情、更纯粹的人生，于是便怎么也不肯停下脚步，匆匆扔了手边的一切向前急奔而去。后来我才知道，没有更好的东西了。这里没有，那里也没有。

我什么都明白，但是我抵挡不了那种不安，不安把我变成一个傻瓜，出怪现丑，做尽蠢事。即使在幸福中我也是不安的，因为幸福终将改变。保持不变不是宇宙的规律，如果你已经感到幸福，那么它后面跟来的多半就是不幸。

我在房间里等陈天的电话，每天傍晚，如果他没有按时打来我便坐立不安。我开始像一个初恋的小女生一样诚惶诚恐、患得患失，对此我又是气恼，又是无奈。

但是这还仅仅是开始。

我们经常见面，至少一星期两次，有时候他一天打来五六个电话，为了接他的电话我整天不离开房间。我们一起吃饭、喝茶、互相注视，然后他绕最远的路送我回家。那段日子他坚持一只手开车，另一只手始终如一地握住我的手，从未松开。除了那次因鱼食而起的拥抱，我们再没有更多的亲昵。

　　他曾试图解释他的态度："对你不公平，我身后乱七八糟的事太多。"

　　他提出的要求更高："不要升温，也不要降温，不要远也不要近，就这样，好吗？"

　　我说了"保持不变不是宇宙的规律"，他也一定懂得这一点，在开始的日子里他害怕冷却，后来的日子他则害怕我沸腾的温度毁灭他的生活。

　　当然，那是以后的事情了。

　　暂时我们还一门心思地持着手在三环路上兜风。

44

再说我的写作生涯。

在被爱情袭击的日子里，我一直坚持把那个倒霉的电视剧写完，在胡思乱想、神志不清的时候曾经打过自己的耳光，不是轻描淡写地，而是下手很重地，我对自己十分严厉。

这个关于城市白领如何克服重重困难获得成功的冗长电视剧我写得十分痛苦，每一次起身后再重新坐下，都要下很大的决心才能开始遣词造句，安排那些无聊的场景。这是一种机械劳动，与我对这个世界的感受无关，也不表达我的任何观点，说的根本不是我想说的话，要写出三十万字这样的东西，实在是件痛苦的事。我只能在一些小地方细心雕琢，留下一点自己的痕迹，但那是无关紧要的东西，在这庞大的、无聊的故事中无足轻重。

这不是写作生涯，这只是卖苦力的生涯。

我对自己说我不能一辈子干这个！

45

　　香港人希望陈天来监制《小童的天空》，而陈天正准备闭门写作，想拒绝又碍于"天天向上"的利益不便开口。我知道最好的办法就是告诉香港人按原计划自己拍摄，不必麻烦陈天，但这不是我应该说的话，随他们的便吧。他们今天一个传真，明天一个电话地纠缠着，我则与陈天纠缠不清。

　　"你那个坏名声！"

　　夜里十一点，陈天开了车到我交稿拿钱的剧组接我。

　　"怎么？"

　　"刚才还有人问我：陈天现在和哪个女孩在一起呢？"

　　"你没回答说'和我在一起'？"

　　"这不可笑，我不想出这种名。"我说。

　　"我知道。"

　　我们两个都沉默了，各自想着心事，他的手依然拉着我的手。我忽然意识到和陈天在一起对我意味着什么——在我成为一个有口皆碑的编剧为人所知以前，我会因为这个出名。

　　我不愿意。

　　"我们以后得注意。"

　　送我到楼下的时候，他才说，仿佛做了什么决定。他去接我是为了看看我，送我回家。这些天他一直没有时间，工作很忙，或者从女人身边脱不开身，我猜是后者。

　　"晚上不能给你打电话了。"

　　"嗯。"

"如果我没有那么多无法解决的背景，我们在一起如果后来相处不好，分手，我心里都会好受一点，但是现在……"

他没必要说这些，没必要解释，打住吧。

"我做事不是一个极端的人。"

"明白。"我点头，努力笑笑。

"给我时间。"

我再次笑笑，手放在车门把手上，我该下车了。

在我逃走之前，他抓住了我，嘴唇贴在我的脑门上，然后，仿佛花了很大的力气才找到我的嘴唇，轻轻碰了一下又害怕似的躲开了。

我打开车门，飞快地跑进楼里。

46

不知道什么时候外面起了风，很大，在窗外"呼呼"地响，我在睡梦中听到了风声，第一个念头就是陈天他们今天的公司郊游会受到干扰，不知为什么竟有点儿莫名其妙的高兴。四周除了风声一无所有，不知是怎么醒来的。凌晨四点半。

陷入爱情的顾城说："看天亮起来是件寂寞的事。"

我出了什么问题？

或者我就是无法忍受他对我的态度，太有礼貌，太认真，太有责任心了。因为出乎意料，就更加无所适从。如果他表现得更随随便便一点，像个到处留情的标准情圣，我倒会安心。

不是爱上他了吧？

我翻了个身，头埋在枕头里。

那才叫可笑呢，总不至于是爱上他了吧？

"绝对不行！"我喊出了声。

好吧，你喜欢他，做做感情游戏吧，这个你拿手，他毕竟是个不错的对象，也算是棋逢对手。如果愿意，你可以跟他上床，没问题，但是，不要爱上他。这总做得到吧！好，就这么说定了，不许反悔！现在做个乖孩子，睡吧，你能睡着说明你没有爱上他，没什么好怕吧！只是一个不错的对手罢了，爱上他就不好了，你知道……

我劝了自己两个小时，楼下街道的人声渐强之后才终于睡着了。

47

"你还是个幼女呢。"

"我讨厌你拿我当孩子！"

"我没有。"

"你就是。"

"我想和你做爱。"

"为什么不？"

"因为对你不公平。"

"我不需要公平。"

"这样对你不好。"

"你用不着对我这么小心！"

"你想想，我小心是因为看重你。"

这是我和陈天第一次做爱前的谈话。

当然他是对的，等我起身走出门，回到家，被夏夜的风吹凉了发热的脑袋，也许我会感谢他，也许不会？

不止一次，我们单独在一起的时候，我听到他呼吸中传达出的欲望，那让我着迷的轻轻的叹息。我知道我的渴望和我的恐惧一般强烈，我害怕的就是我想要的东西，我在暗自盼望，盼望他是独断专行、蛮横霸道的，不给我任何喘息的机会，让我的恐惧在渴望里窒息而死。我在这儿，就是说我愿意把自己交给他，我愿意服从他，我愿意是个傻瓜，不做任何实为明智的选择。他的克制，在最初的日子里曾令我着迷，而在那个夏夜却不再是美德，而是一种轻视。我掉转脸不再看他，觉得没有比这更尴尬的时刻。

那一刻像是静止了，我听得见房间里的钟表嘀嗒在响，我不知道该如何收场，我没有经验，因为这种场面以前从未出现，我应该道歉还是继续生气，我该不该起身逃跑？

"或者你不这么想。"

在沉默和静止之后，他这样说，叹了口气，起身把我抱进卧室。

"我只是想对你好，我不知道别的方式。"我是一个得到了糖果的孩子，在他耳边轻轻说。

我能够怎么办？——一个现代女子的悲哀。我不会绣荷包，不会纳鞋底，不会吟诗作赋，不会描画丹青，甚至不能对他海誓山盟托以终身，如果我想告诉他我喜欢他，唯一的办法就是和他上床。

除此之外，别无他法。

和他上床当然是不对的，我知道，但我从来不屑于做对的事情，在我年轻的时候，有勇气的时候。

48

凌晨五点二十七分，我对自己说：认输吧。

这个时候他一定还在熟睡，他的手指、他的枕头还留着你的体温，但他不知道你在想他——认输吧，不承认也没有用！你爱上了陈天，你爱上了这个不修边幅的情圣，这个诚恳的花花公子，这个有妇之夫，这个文坛前辈，这个早过了不惑就快知天命的中年男人。

这是一个秘密，你永远不想让别人知道的秘密。

从那个五点二十七分开始，一切都改变了。

从此以后你每天每日每小时每分钟的生活都变成了两个字——等待。等待他，等待他的电话，等待他那辆白色的标致车，等待他的召唤，等待他的爱抚，等待他的怜惜，等待他的空闲，等待他的好心情，等待他结束和别人的约会，等待他的爱情来让你安宁……

49

他第一次在车里抽烟。

根本不是我的敏感，那是陈天第一次在开车的时候抽烟，以前的几个月他都不曾在车里抽过烟，因为他没有手，他一只手要扶方向盘，另一只手自始至终地握着我的手。

现在，他在抽烟，他脸上写着两个字——"烦恼"。

"我一直在想这事，简直成了负担，等你需要我的时候我不在，你会难受的。"

这团阴云难道不是也笼罩在我的心头，但是我至少希望他不要这么愁眉苦脸。我不能让他认为我们真的做错了，我们就该一直拉拉手、吃吃饭、打打电话，永远可进可退，这是孩子气，这是不可能的！

"别愁眉苦脸的，这没什么。你不会以为我跟你上了床就非得嫁给你吧？"

他看了我一眼，显然并不觉得我的话好笑。

"也许有一天，我会强迫你嫁给我。"他这么说。

我没说话——"也许""有一天""强迫"，句子造得不错，也很感人，不错的情话，不过我们都不会把它当真是不是？我没想过要嫁给他，对应付任何世俗的烦扰也没有准备，我只是想跟他待在一起，待在一起，给我时间让我和他待在一起！

我看着窗外的车流，街道拥挤，芸芸众生都在赶着回到一个属于他们自己的安乐窝，如此忙乱而嘈杂，有几辆自行车几乎要倒在标致车的玻璃窗上，和我贴得如此之近！这车是我们的堡垒，遗世而独立的堡垒，只有在这儿我们是安全的，只有在这儿我们是不受干扰的，只有在这儿我们彼此相属。

　　最好的办法就是不要告诉他我爱他，这会让他轻松一点。

　　我看了看他，缺少了调皮的神情，他脸上的线条松懈下来，是个随处可见的中年男子。

50

确定陈天肯定没有时间见我的日子，我会约爱眉出去喝茶。这种时候不多，多数情况我会在家里随时等待他的召唤。

"我来一杯姜茶。"我对酒吧的男孩说。

"晚上不要吃姜，早晨吃姜如同人参，晚上就有害了。有这种说法。"

在这些问题上，我当然总是听爱眉的，她要了治失眠的紫罗兰，而我要了治焦虑的薰衣草。

爱眉显得心神不定，来回来去地搅着那蓝色的紫罗兰茶，或者是我的错觉，是我在心神不宁？

"有什么事吗？"我问她。

"我在想要不要结婚。"

"嗯。"如果我表现出了吃惊，那么就是说我并不是真的吃惊，但是这次我平淡地哼了一声。

"你有一次说过你今年有婚运。"

"对，所以如果我非不结婚，过了今年就不会结婚了。"

"永远？"

"十年之内。"

"那么？"

"其实结婚证明已经开了，但我在犹豫。"

"和谁？"我再沉得住气也不禁要问了，地下工作搞得也太好了，跟我相差无几了，哪像双子座啊。

"一个画画的，你不认识，年纪比我大。其实，是个有名的画家，我说了你就会知道，但我不想说。"

"反正等你结了婚，你就非说不可了。"

"问题就是我可能不结了。"

"你决定了？"

"基本上。"停了一会儿，她补充说，"婚姻对我不合适。"

"得了吧，我看你就需要往家里弄个丈夫，他会分散你很多注意力，强迫你注意很多具体的事情，你就不会想那么多事了。"

"我相处不好，我连跟父母都处不好，想想吧！"

"怎么可能？你对人哪有一点攻击性啊？"

"没有攻击性，可是要求很高，所有的不满最后只会作用到我自己头上，我只会跟自己较劲儿，他们一点都看不出来。"

"你脾气多好啊，总比我柔和吧。"

"我俩的星空图刚好相反，你是那种看起来很强的人……"

"我？看起来很强？"——如此的小身板和娃娃脸？

"我说的是精神气质，只要不是太迟钝都能感觉到。"

"是，我是很强。"我认了。

"但这还是一个错觉。你的太阳在摩羯，但月亮在双鱼，海王星还在第一宫。双鱼是十二星座的最后一个，也是最弱、最消极的一个。"

"什么意思？"

"小事聪明，大事糊涂。"

"有这事儿？"

　　我不太想承认，爱眉以毋庸置疑的表情挥了挥手，在这方面她极其主观，极端自信。

　　"我刚好相反，我对外界的具体事物完全没有控制能力，但是心意坚定。在关键问题上你能屈从于情感，或者别人的意志，我永远不行，我比你难缠多了！"

　　"大事清楚，小事糊涂？"

　　"不是糊涂，是根本不知道该怎么办。"

　　"那么咱俩谁更倒霉？"

　　"我。"

　　"都觉得自己最倒霉。"

　　"当然不是，想想，只要你知道了该做什么，你总有办法做到。但我永远都知道该做什么，但永远都做不到，你说谁倒霉？"

　　"你。"

　　"就是！不结婚并不是替对方考虑，是为我自己考虑。"

　　"你没有不安吗？有时候，希望有人在你旁边？"

　　"两个人的时候我更加不安。"

　　我的问题不是爱眉的问题。

　　"他是个双鱼座，双子座最受不了双鱼座的自以为是、目光短浅，还有不顾事实的狡辩。"

　　"说得好！不顾事实的狡辩！"我想起徐晨，拍案叫绝。

　　"所以，我肯定不行的。"爱眉下了结论。

　　"你再想想，想想他的好处。"

　　"好处，并不能改变本质的差异。"

　　爱眉终于没有结婚，凭着我对绘画界的粗浅了解，她不说，我也无法猜到那个双鱼画家是谁。

　　"这算是对抗命运吗？"过后我问她。

　　"命运只是给了你这个机会，要不要它，就是你自己的事了。"

51

　　我和陈天坐在二环路边的一处酒吧里，我们总是选择一些格调比较差、文化人不怎么爱去的地方见面，这种酒吧通常只有速溶咖啡，柠檬茶里的柠檬是皱皱巴巴的一小片，热巧克力的味道也很古怪，但是没办法。

　　我一本正经地拿着张传真，在给他讲香港人关于《小童的天空》开拍前的最后修改意见。他靠在对面的扶手椅里，悠闲地把腿跷得老高。

　　"真怪，你看起来总是很安静，是因为你喜欢穿的这些衣服吗？"他忽然说。

　　我瞥了他一眼，继续念传真。

　　"知道吗？你有好多小孩子的神态，看起来很小，也就十六岁，顶多十七。"他继续在对面打量我。

　　"你是作为监制这么说的，还是作为男友？"

　　"作为男友。"他笑。

　　"还要不要听？"

　　"你总是这么小，老了怎么办？又老又小，样子太吓人了。"

　　"放心吧，到那时候不让你看到就是。"

　　"肯定看不到，等你老了，我已经死了。"

　　"喂！"

　　"好吧，你接着说。"

　　他总是叫我"孩子"，从第一次见到我就叫我"孩子"，他说他对我有种偏爱，偏爱什么？他偏爱那些有着少女面庞的姑娘，清秀，安静，灵巧，永远不会成熟，不会长大，不会浓妆艳抹，不会为人妻、为人母的少女。我没有什么特殊，我只是众多的、他喜欢过的有着少女面庞的女人中的一个。这个我早就知道。

我拿不准他会怎么想，喜欢还是不喜欢？在我们第一次做爱的时候，他不可置信地抚开我脸上的头发看着我——"还是你吗？"

后来，陈天有点不好意思地向我承认，他之所以不肯和我上床，还有一个不便言说的顾虑。

"我已经老了，我怕我不能满足你，你会不再喜欢我。"

他肯承认这个让我惊讶，这说明他不是那种认为男性权威不容侵犯的男人，足以使人理解他为什么吸引女人的爱情。他不是一个做爱机器，崭新的、马力强劲的做爱机器，一个人能不能满足你，要看他引起了你多大的欲望，陈天从未满足过我，无论是肉体还是精神。

深刻的感情从来与满足无关，满足只能贬低情感，使情感堕入舒适、惬意和自我庆幸的泥潭。爱一个不爱你的人、一个登徒子、一个同性恋，那些无力满足你的人，这样你可以更加清晰地感受爱情的重创，没有虚荣心的愉悦、安全感的满足，甚至没有身体的舒适，只有爱情，令人身心疼痛的爱情。

——窒息你的自尊，抛弃爱情的通用准则，忘掉幸福的标准模式，剥掉这一层层使感官迟钝的老茧，赤裸裸的、脆弱柔软的，只剩下爱情了，要多疼有多疼，美丽得不可言说，改变天空的颜色、物体的形状，让每一次呼吸都带有质感，生命从此变得不同……

陈天一定以为我是个热爱床笫之欢的女人，就像我这张安静的少女面庞造成的错觉一样，这是另一个错觉。那些冲动、颤抖、尖叫、撕咬，都不过是表征，我渴望、追逐的是另一种东西，它有个名字叫作"激情"。它是一切情感中最无影无形、难以把持、无从寻觅的，肉体的欲望与它相比平庸无聊。我无法描述我在他怀抱中感受到的激情，哪怕最轻微的触摸带来的战栗，让我哭泣，我感动到哭泣。它来了，又走了，是同样的手臂、同样的身体、同样的嘴唇，激情藏在哪一处隐秘的角落，又被什么样的声音、抚摩、听觉或触觉所开启？永远无从知晓。

我想我最终也没能使他明白这个。

52

沉默不语。

我和陈天在奥林匹克饭店大堂的咖啡厅面对面坐了两个小时，最后是我要求离开的，因为这么沉默不语地对着他，我再也不能忍受了……我表现得像个傻瓜，却对自己毫无办法，我一声不吭地坐在他面前，浑身因为充满着渴望而绷得像一张拉满的弓，这张弓除了微笑一无是处。我体会到了那种羞怯少女痛恨自己的感觉，我有无数的话要对他说，却不能开口，我找不到恰当的方式和恰当的语言来表达对他的感受。越是这样我就越难受，越是难受就越说不出，他送我回家的时候，我搂住他几乎要哭了，再有这样的一分钟，我的眼泪就真要落下来了。我这是怎么了？！

53

晚上和林木、狗子、老大、老大的女友花春、徐晨、徐晨的新女友（他老换，记不住名字）、阿赵和阿赵的老婆一起吃饭，然后去了紫云轩喝茶，然后狗子说喝茶没意思，越喝越清醒，大家就移位去了旁边的酒吧。

这一千人是北京夜晚必不可少的风景，你可以放心，你需要他们的时候他们总在那儿，你只要打个电话——喂，你们在哪儿呢？你便不会孤单了。有时候我想，如果没有他们，北京就不再是北京了。

林木在艺术研究院当差，每天耗到半夜，第二天一早还去上班。他像那种老式的江南文人，热衷诗词歌赋、醇酒妇人。诗是真看，酒是真喝，妇人只是用来谈。

我们都给老林介绍过姑娘，徐晨带给他的就更多，只看见他跟姑娘谈心，以后就再没下文了。

"你到底喜欢什么样的？我就不信哥们儿找不来！"徐晨很是不服，当时凌晨一点，我们正在东四的永和豆浆吃鸡蛋饼。

"别回头，别回头，千万别回头！"老林的眼睛忽然直了，"就在你们身后，过一会儿再看，有两个姑娘！"

"你的梦中情人？"我闻到一阵香风，直着脖子问。

"差不多，差不多。"

"左边的还是右边的？"徐晨想回头。

"别回头！一会儿再回头，别让她们发现！"

"发现又怎么了？姑娘巴不得被人看呢！"

"是吗？那好吧。"

等我和徐晨回头一看，几乎背过气去——那是两个刚下夜班，或者没找着活儿准备回家的三陪！长得那个俗、穿得那个傻，脸像没洗干净似的，风尘扑面。

我和徐晨互望一眼，看看林木，这个白净书生有点紧张，不像是拿我们开心，我们恍然大悟！

"我说你怎么老找不着中意的！他身边都是女学生、白领、知识妇女，哪有这种人啊？咱们也不认识啊！"我说。

"这还不容易，我现在就过去给你问价。"

徐晨站起来就向那两个女的走去，而老林则飞快蹿出门去，当街上了一辆过路的出租车跑了。

老林的名言："女人有两种，一种是月白风清的，另一种是月黑风高的，我只中意后者。"

狗子我早就认识，一直不怎么熟。原因很简单，因为我们倒霉的第一次见面我一直对他敬而远之。那是一个朋友的生日，来了认识的不认识的三十多号人，主人给大家介绍，说："这是狗子。"他说的"子"是重音，三声，和孔子、孟子一样的叫法儿。这个被尊称为狗先生的人就坐在了我旁边，他看起来已经喝多了，有点摇摇晃晃，但总的来说颇为安静。一会儿又来了一个女孩，服务员忙着加凳子，椅子就放在了我和狗子中间。这个倒霉的女孩救了我，一直闷声不响，看起来颇为羞涩的狗子忽然做出了惊人之举——突然吐了，吐了那新来的女孩一身！这对狗子不足为奇，他创造过在酒馆里连续喝三十个小时的吉尼斯纪录，吐一两次稀松平常，但我还是惊着了，后来每次看到狗子就担心自己的裙子。

喝了这么多年酒的狗子一直保持着一副天真无邪的温顺表情，一副酒鬼特有的天真无邪，关于他的故事少有别的，都是关于酒的。慢慢地我倒有点佩服他了，如此任性的人也真是难得，但我还是担心我的裙子。

狗子喝醉以后有时会大声朗诵诗歌："为人进出的门紧锁着，为狗爬出的洞也紧锁着，一个声音高叫着：'怎么他妈的都锁着！'"

精彩。

阿赵也是个著名混混，他的名言我记忆犹新："社会的歧视、家庭的羁绊、经济的拮据，都不能阻止我继续混下去！"

这些人无一例外的都是拿笔混饭吃的，我看着他们闹酒、划拳、谈文学、互相揭短、彼此谩骂，折腾到凌晨四点，直到阿赵开始把酒吧的椅子一把一把地往街上扔，我才实在撑不住溜了。

我来这儿鬼混是为了不去想陈天，至少有一个晚上不去想他。

未遂。

54

我告诉陈天，我跟别的男人上床了。

他什么也没说，除了抱着我，他什么也没说。

我是故意这么干的。

陈天消除了我对其他一切男人的兴趣，我不知道他是怎么做到的，我只能说爱情真是一个最有权势的暴君。但是我还是想以最后的力量反抗一下，便跟在朋友那儿遇到的一个男孩回了家。

小卫有一双女孩子一样毛茸茸的大眼睛，嘴唇和下巴的线条却十分硬朗，让他的整张脸显得模棱两可，语义不明。那天他喝了酒，但肯定没喝多。朋友的新居上下两层，有个很大的露台，属于先富起来的艺术工作者。那晚他们抽了太多的烟，熏得我眼泪直流，便一个人溜上了露台。小卫跟了来。小卫是个帅哥，不是我喜欢的帅哥，是我大学时一个同宿舍女生喜欢的帅哥，在操场边上偷偷地指给我看。"眼睛很漂亮，嘴巴有点古怪。"我记得我当时如此评价。现在他站在我旁边，我的评价依然没变。后来我们各自找了张躺椅坐下，有一句没一句地聊天，我是很舒适，他则神情严肃，目光阴郁，不过他一直那样。

差不多半个多小时以后，他突然语出惊人："你信不信？我会强奸你。"

强奸我？这算什么？求爱吗？简直想笑。"你要真敢强奸我，我还真懒得反抗。"我心说，不过还是别让他太难堪了，我继续神情淡然地看着夜空，没理他。

说出来的话再做肯定无聊，他一直坐在我对面，神情严肃，一动不动，一刻钟以后我对他说："走吧，我想回去了。"他跟着我站了起来。

别太计较了，他是个漂亮小伙子，求爱的话又如此与众不同，我需要一个人，就是他吧。我得死撑着，我得向陈天做出一副桀骜不驯的样子，我不愿意爱他爱得太过分，我没想过这桀骜不驯会在以后给我带来痛苦，我顾不得去想，我只想把自己从傻瓜的状态里解救出来。

结果并不成功。

一点也不有趣，一点也不！我只想赶快离开，最好永远也别再见到他。下楼的时候我想，完了，这下真完了！

55

看到陈天的时候，我知道我是喜欢他的，的确喜欢，千真万确，毫无办法。

"你跟多少女人上过床？"

"我没数过，也许五十个？应该不会少于这个数？"

我被他老实的样子逗乐了："早知道你是个花心的家伙，是不是？回答我，你是不是？"

"知道了还和我好吗？"

"为什么不？"

我把他的头抱在怀里，下巴蹭着他的头发。

"如果可能，我只愿意和你做爱。"他说。

——"如果可能"？一个人四十六岁时还说这样的话？不过我不想谈论这个，只是笑笑："我可不想改变你的风格。"

"我并不随便跟人上床，跟你们似的。"

"我相信，看看你对待我的态度。"

"那是因为看重你。"

"你也是被耽误的一代，要在现在还不知道多有作为呢！"

"这是我第一次跟人谈论我的性生活。"他声明，这我倒有点惊讶了。

"现在该你回答了。"他看着我，眼睛里带着笑意。

"我从来不跟人谈论我的性生活。"我耍了个花招。

56

陈天是个"假情圣","假情圣"是徐晨的说法。

"徐晨，你和多少女人上过床？"我隔着一盆水煮鱼问他，好奇新老两代假情圣的差距。

"干吗问这个？"他倒很警惕。

"我只是想知道一下。只说良家妇女，鸡不算在内。"

"我从不招鸡！"他声称。

"好吧，"我才不信，"多少？"

"没数过。"

"数一下。"

"数不过来，我都忘了！"

"数不胜数吧，一年有没有十个？"

"我真的忘了，你问这个干什么？"他怀疑我有什么诡计。

"我只是想知道什么叫作'假情圣'，有多少量的积累才能叫作'假情圣'？"

"那得等我老了以后再告诉你。"

"无耻，你想到多大岁数再收山啊？！"

"找到完美无缺的情人的时候。"

"到那时候，你的胃口早就吃坏了！"

"不会的，我有着旺盛的热情和永不熄灭的好奇心。"他得意扬扬地说。

"我才不信，走着瞧……"

看看我爱过的这些男人。

　　我在杂志里看到好莱坞男星休·杰克曼的采访，记者问了这个帅哥和我同样的问题，想知道他是怎么回答的——"我算不清楚，七百五十个左右吧？这真的很难记。我想，只要不超过一千人，应该不算讨人嫌吧？"

　　怪可怜的种马，他们与我谈论的事情无关。

　　《邓肯传》里有这样一段："这一章可以叫作'为浪漫的爱情辩护'，因为我发现，爱可以是一种悲剧，也可以是一种消遣，而我以一种浪漫的天真无邪投身于爱情。人们似乎如饥似渴地需要美，需要那种无恐惧、无责任而使人心灵振奋的爱情。"

　　天真无邪，我已经把陈天归入了天真无邪的一类。他的确心地善良，温柔体贴，懂得爱情的美妙之处。爱就爱吧，快乐就快乐吧，我很高兴遇到他，成为他的情人，成为他众多情人中的一个。

57

问题是：为什么我总是爱上这种"假情圣"？

答案是：他们是让你沐浴在爱中的男人，他们有爱的天赋。

58

　　我知道有很多人喜欢知道和谈论卓越人物的卑鄙无耻，但这不是我的爱好。

　　我们从小就被灌输这样一些概念——"人生而平等""公平竞争""天赋人权"等。所以要接受"一些人必将受到另一些人的粗暴对待"是很难的事。每个人都要争得自己的权利，为自己受到的伤害和不公待遇而呐喊，揭露一些人的真面目，把他们拉下圣人和卓越者的宝座，在爱情关系上同样如此。萨特和波伏娃共同的情人比安卡·朗布兰写了《被勾引姑娘的回忆》，塞林格的情人乔伊斯·梅纳德写了*At Home in the World*，讲述她们被天才勾引和被天才残酷伤害的经历。比安卡和乔伊斯的指责是基于这样一点，有着卓越才能的人应该是道德的完善者，这真是天真至极的幻想。她们是天才道路上必然的牺牲品，她们肯定要受到伤害，这是因为她们没有相同的精神力量、头脑智力与之匹配，而不是因为天才没有更完善的道德。我知道很多人不会同意这个观点，要承认这一点就必须承认这样一个前提——人和人生而不平等，一些人的价值远远大于另一些人。避免被伤害的唯一办法，就是这另一些人坚持不被那些更有价值的人吸引，而满足于过着他们平凡的生活。

　　我看到电视里一个优秀青年为一个同学利用父亲的权力获得他想要的职位而感到不公，可他丝毫没想过他不费吹灰之力，生来就拥有美貌、才能也是一种不公，而他的同学仅仅有一个好父亲。我们在生物学上都知道物竞天择，而对于人类自己却想出一些"公平竞争"之类的花招迷惑弱者，以便名正言顺地把他们淘汰出局。如果你承认这样做的正确性，就必须承认比安卡和乔伊斯理应受到伤害。当然，同情是另一回事，我们当然可以同情她们，就像我们在街边向乞丐施舍一点自己可有可无的零钱。

这足以解释我在街边给乞丐零钱时为什么会感到难堪，因为我认可了世界的不公，我占了别人没有占到的便宜。

徐晨有一次对我说："你认为这个世界不好，可它自成一体，你甚至想不出一个比现在更好的世界。"

我可不这样想，不公，肯定不是一种好秩序，不公的世界肯定不是一个好世界。真正好的世界，应该人人美貌聪明、健康富有、热情只增不减、爱情永恒不变，连运气也都要毫无二致，这样才谈得上公平……

"但这是不成立的，违反了基本的逻辑关系。"他说。

当然，这样的世界不存在，人类齐心协力一起努力也不可能存在。大家常常说："我们只有一个地球。"

我要说："我们只有一个坏的世界。"

59

　　我很难分辨那巨大的孤独和伤感源于什么，爱上陈天这个事实令我整日惶恐不安，心情阴郁得如同失恋一般。有什么东西改变了？没有，唯一的改变是我自己。一早起来我就不停地问自己，为什么？为什么要爱他？为什么要给自己找麻烦？本来一切都很圆满，但是有了爱，只要有了爱，一切就不同了，不再是圆满，而是巨大的缺憾。

　　我一遍一遍地问自己，终于把自己问绝望了。

　　活该！你太自信了，现在就给你个苦头尝尝！你总会爱上那些带给你痛苦的人，他肯定会带给你痛苦的，他并没做错什么，他没有改变，但是他以前带来的那些欢乐，只因为感受的不同，轻易就变成了痛苦。没有期待的时候，他的电话总是不停地打来，等你有了期待，铃声便永远不响了……

　　如此而已。

60

去，还是不去，这是一个问题。

一整天我都在想着这件事，写稿子的时候，打印的时候，在出租车上的时候，和编辑交谈的时候，编辑让我一起去吃饭的时候，点菜的时候，和爱眉开玩笑的时候。

我是不是该克制这个念头？也许他昨天梦见了我，他希望这个奇迹出现？如果我们在一起待两个小时，还不如等他有更长时间的时候，我不想因为见了他两个小时而失去可能的更长时间。

每一次延误都使我恼火万分，每一种阻碍都使我更加急切。七点钟了，也许我应该打个电话。八点钟，他应该已经吃完饭了，但他走出饭馆了吗？九点钟了，他单独一人了吗？或者他正在开车回家的路上，这时候打正合适。等他到家，也许有人正等着他。

"亚洲基金会的人来了，我在跟他们聊天。"他在电话里说。

"好吧，我挂了。"

他终于把我从那个念头里挽救了，我几乎为此感到高兴。

每天像思考"生存"还是"毁灭"一样，考虑要不要去见他这件事真是要把我逼疯。

"每天下班的时候，我都要犹豫很久，打电话还是不打？见你还是不见？"

我俩坐在日本料理最里面的隔间时，陈天说，说得轻描淡写。

我什么也没说，继续吃我的乌冬面。我讨厌说"我也是"。

　　我几乎从来不说"我也是"。"我也是"是个缺乏魅力的句子，绝对不是一个好句子。你有时候回忆起一个人对你说过的话，如果他说了"我也是"，那他就是什么也没说。

　　"不相信？"

　　我从乌冬面上抬起头："看来你也不是永远能看透我。"

61

他另有一个情人。

这是我一直知道、一直没有谈到的事。

陈天有个绝招，他提到这个女人的时候运用许多奇怪的人称代词，如"人家""有人""那人"等，总之是个含混不清、不分男女长幼的人称代词。关于"人家"的情况我一无所知，也从没表示过任何意见。他四十六岁了，难道用得着我说三道四？

有一次他开着车，没头没脑地说了一句："给我时间，我会把问题解决。"停了停又说，"一年。"

他在说什么？我们刚才在谈一个剧本的计划，他是指这个？不像，那是对我说的，是他的底线？是给我的承诺？我不知道，我也不愿意问他。

对这件事我的态度是——不说话，不搭茬，不打听，不介入。

说着容易。

因为这个"人家"，我俩常常只能坐在汽车里围着北京城转圈；因为这个"人家"，他开始变得忧心忡忡，难得有个笑脸。

有一次我竟然看见他把脸埋在手掌里，苦恼得像个犯错的小孩。

"我怕会出人命。"他说了这么一句恐怖的话。

我仍是一声未出，甚至连安慰他都是不合适的。

难道我私下没有想到过这个女人？她是谁，她有何种力量让他如此苦恼？他害怕什么？一个四十六岁的男人害怕什么？丑闻，只能是丑闻，难道还能有别的？可他这一辈子的丑闻难道还不够多吗？没有，他没有丑闻，大家说他喜欢女人，可并没有人说他是个坏人！

"有人看见我们一起吃饭，有人看见我的车停在你们家楼下。"

"没想到你这么引人注意。"

"所以人家不相信我了。"

"你是可以相信的吗？"

"有了你，当然就不能相信了。"

有了我吗？是因为有了我吗？我可不这么想。

很多年前，陈天去香港访问，接待他的一方为他安排了一个女助理，据他说长得白白小小，很纤细，说话也细声细气，他们在一起两个星期，不过是这女人安排日程、帮他翻译、带他上街等，相处得不错但再没别的。后来他回了北京。两个月后，那女助理的丈夫从香港飞到北京找他，说他妻子要求离婚，而且已经离家出走，希望陈天能够劝她回来。陈天表示同情，但还是不明所以。那丈夫说：你不知道吗？我太太说她爱你。

陈天的结论是：许多时候女人比男人要勇敢果断得多。

不知道是哪年陈天住院做手术，病房里有个年轻的女护士正准备考成人高考，知道陈天是个作家，便时常拿些古文课的问题问他，陈天自然是有问必答，十分热情。后来这女孩日渐憔悴，目光闪烁，陈天在她带来的古文书里发现了一封写给自己的情书。陈天像个成年人一样严肃地告诉她这是不可能的，希望她好好学习专心考试，那女孩什么也没说。后来陈天痊愈出院，再没有女护士的消息。半年以后，那女护士突然打电话给他，陈天问她是否考取了学校，女护士说没有，她没有去考，因为从陈天走后她便大病一场，直到不久前才好。现在她打电话给他，是告诉他那一切过去了，她不再爱他了。

陈天的结论是：爱情是一场病。

陈天可能认为自己是无辜的，但他不是。

他貌不惊人，普普通通，你以为我没有试图弄清他的吸引力何在？他像是散发着某种气息的动物，你很难说那气息是什么，只要他向你发散了这种气息，你多半就逃不掉了。

这当然是好听的说法，不好听的说法，还是让别人去说吧。

我见过他的多位非情侣关系的女友，包括那个叫杜什么的女强人，我也见过他被女人包围的情景，他对她们的亲昵感是天然的，拍拍她们的肩膀，说几句关心的话，他记得你的名字、你爱吃的菜、上次见面时你头发的长度，他的好心和关怀真实可信，恰到好处，让你马上就信赖他了。当时我在一旁坐着，想起他父亲的话："这孩子会在女人方面有诸多麻烦。"我拿了杯可乐在桌边看他，看那些年轻的和不年轻的女人脸上泛起的笑容，想想如果我是他老婆估计也会嫉妒而死——绝不离婚，绝不让这个细心周到、善解风情的男人落到别人手了。我这么想着禁不住笑了。

我再次要说——爱情是天赋的能力。

62

　　有人找了老大、我，还有徐晨等人一起策划个电视剧，我们和制片人、策划人聚在郊外的龙泉宾馆里谈了两天，晚上实在谈不动了，我们要求去游泳。徐晨当时又坠入了情网，一有机会就离开众人去给他的新姑娘打电话，叽叽咕咕说个没完，我们决定不理他，径直去游泳。

　　游完泳，头上的血又回到了全身，脑袋不再那么大了。老大挺着个白肚子坐到我旁边，他和我年龄相仿，因为成名早，看破红尘也比别人早，多年来保持着一种无所事事的闲人状态，有时雄心泛起挣巴几下，拍个电影啥的，最后总是觉得累又退下来继续当他的闲人。

　　"徐晨呢？还在打电话？"我问他。

　　"嗯。"

　　"有一种人叫作话痨，他应该叫作情话痨。"

　　"你以前不是也挺喜欢的吗？"老大笑嘻嘻地看着我。

　　"我还不是不堪忍受逃走了，我受不了。"

　　"什么？"

　　"他对谁都是这一套，那些情话不是因为不同的对象产生的，而是他自己长出来的，就跟人吃了东西要拉屎一样，他吃了东西就要说情话。"

　　"那你想要什么？"

　　"总该因人而异有点独创性吧。"

　　"你不喜欢他这一种，你喜欢哪一种人？"他一副打破砂锅问到底的架势。

　　"这怎么说？"

"陈天那样的你喜欢吗？"

"陈天算是哪一样？"我反问。

什么意思？看他那一脸坏笑，总不会是话里有话吧？

"就是……他好像总是过一阵子就烦了。"老大这么说，他们认识很多年了。

"可能。不知道。"我说得滴水不漏，心里暗笑。喜新厌旧？看来这是老大对他的评语，就算是吧，依然不能抵消他是个好情人，而且喜新我是看见了，厌旧现在还没发生。

不过老大不会平白这么问吧？

没过一天，谜底就揭穿了。

回城的时候，我和徐晨同车，他整天地抱着电话不放，除了谈剧本就是谈情说爱，估计是累了，靠在那儿假寐。他不时睁开眼睛看我一眼，仿佛有话要说，如此反复几次，我抻着劲儿不理他，倒看他开不开口。

果然，车到航天桥，他憋不住了："他们说你和陈天好上了？"

"谁说的？"轮到我一惊，马上回嘴，"没有的事。"

"我不能告诉你谁说的，反正不是瞎说，老大不让我问你。"

"那你干吗还问？"

"我想问问也没什么关系。跟那么老的人混干吗呀？"

"我跟你说了，绝对没影儿的事。不外乎是有人看见我们一起吃饭，他名声又不好，胡乱猜的。"

"你是说有人看见你们在一起吃饭便认为……"

"我也是猜。"

"你说不是就不是。"他不再追问。

沉不住气的徐晨啊，我除了骗他还有什么办法？我没法谈论这件事，我除了否认别无出路。我拒绝成为陈天的风流韵事，拒绝为他的情人名单再添新页，拒绝被人猜疑议论指指点点，可是如果我不能拒绝爱他，拒绝终归是一句瞎扯。

我没跟陈天说过老大他们这回事儿，我不想增加他的紧张。

想他真是个大情人的样子，讨人喜欢。有一次我们在三环路上兜风，已经很晚，快到我回家的路口时，我抓了他的胳膊低下头，他便知道："怕我走这条路是不是？"他的胳膊就那么让我抓着，一只手又是拐弯又是换挡，我看都不想看，车身一转，我知道是拐进那条小路了。车本来开得都是挺稳的，那天却颠簸得厉害，被我搅乱了，慌不择路。

他总是像一眼看到你心里，告诉你他懂得，委屈也就不算真的委屈了。

我就这么一会儿欣喜，一会儿烦恼地一路想着陈天回了家。

63

我在外面独自坐了三个小时后，终于平静下来。

刚刚下过雨，夜风很凉，吹得我脸色惨白。

我跟自己说我不能这样下去了，我不能爱他，不能纵容自己，不能如此软弱，我不能日复一日地等待他，而他只能和我待一个小时，在这一个小时里我得故作轻松，我得若无其事！我看着他在我对面吃饭，我对自己说我爱这个男人吗？这是一个爱的幻觉，他不会使你如此爱他的，你想念、渴望、钟情的只是爱情而已。从早晨醒来，不，这几个月来我做的唯一的事就是等他。醒着，睡着，梦见他，看见他，我所有的感觉都开启着，渴望着他。我善于克制，我善于等待，我善于忍受，我善于忍辱负重，善于强颜欢笑？我真的不行了，我怕他说对了，如果我不堪忍受我会逃得远远的。我跟自己说别想他，别想他，这一次我管不住自己，我的信心便会坍塌成一片瓦砾。我怕我会开始恨他，我会恨他语气里快乐的腔调，恨他还能够悠闲地下棋、钓鱼，毫无道理地恨一切使他不能在我身边的东西。我在陷入疯狂！

汽车里，我坐在他身边，已经什么也不想，什么也不想说了。我知道他吃饭的时候接了电话，我假装倒茶掩饰我的慌乱。我由着他把我送回家。那些委屈还是算了吧！何必呢？如果再流下眼泪来，真会让人笑掉大牙。

"回家吧。"我飞快地说。

"回哪儿？"他看着我，"我家，还是你家？"

"你回你家，我回我家。"

我打开车门的时候，他轻声说："别怪我。"

"我没怪你，不是你的错。"

"我知道，你是不开心。"

是啊，我只是不开心。我挥挥手，转身进了大门。

但是我不能回家。

为了在他面前保持尊严，我已经用了太大的力气，我的身体像要炸开一样被疯狂充满，我穿过楼群，绕过超市，从另一个大门走上街道，我不能回家，我透不过气来，我沿着大街一路走去，我需要孤独，我需要夜晚的凉风，爱情是一种病，一种容易在初夏传染上的病，我得医治它，因为它不值一提，它转瞬即逝，它不可捉摸，它让人出怪现丑，诱人哭泣！

我就这样一路狂走下去……

我回家已经很晚了，开门的声音把老妈引了过来。

"回来了？刚才陈天来过两次电话。"

"噢，知道了。"

"他说你不用给他回了，他会再打给你。"

"好。"

"早点睡吧，别又搞得太晚。"

"好，我就睡。"

我微笑着答应，送走了老妈。可怜的老妈，她要是知道我爱上了这个打电话的男人，她会怎么说？！

他打了两次电话？他想安慰我。他要我不用回了，他说他那里晚上有人。

我很高兴我没有接到，要不然能说些什么呢？我又要强颜欢笑，装出深明大义的样子。

我不在，这就是回答。

64

第二天傍晚，我打车去见他。他再不开车来接我了，因为有人发现他的车常停在我家楼下，我们车里的两人世界也结束了。

"昨天晚上你去哪儿了？"

"没去哪儿，在外面玩。"

他盯着我看，盯得我心脏缩紧，眼睛发酸，我知道我骗不过他了。

"我爱你，你满意了吧！"我狠巴巴地说。

"别这样了，让我心疼。"他说。

有一件事暂时救了我——陈天去英国了。

那天下午我去剪头发，他打了电话来，他正带着儿子在公园放风筝，想让我过去，等我回来回电话他已经要离开了。

我说："你去伦敦躲清静了。"

他老实回答："是，可要想躲清静，这清静前就格外地忙，陪谁都不合适。"

唉，他也真够烦心的。

"别担心，就把我放在你名单的最后一个吧。"

他想说什么，最后叹了口气什么也没说。

几个月前他问过我多次，要不要和他一起去英国，我一直拒绝。如果他再问我，英国？地狱我也照去。但他不再问了，我也不会再提。他上飞机前还从机场打了电话来，他总是试图周到，可大家还总是不满，倒霉的陈天。

他走了，至少我不用再整日考虑怎样才能见到他，怎样才能和他多待一会儿，我满足于对他的想念，我也可以安静下来。

黄昏时分，我大敞着窗户，风吹进来，带着一种痒痒的，让人麻酥酥的气息，身体在缩紧，胃在疼。这就是血液里流动着爱情的感觉。

镜中的人瘦，而且苍白，像窗帘飞动时就也会被卷走一般。我坐到电脑前，新买的电脑，我准备写我的剧本，写下的却是另外的文字——

白天下了一场暴雨，真是美丽。看不到雨，只是一阵阵白烟席卷过屋顶。楼下饭馆门口挂的红灯笼被风裹走，一个年轻的小伙计蹿出来追。两个孩子骑着车尖声大叫着跑了。一会儿，便什么都不见了，只有雨。雷打得很响。

想你会想到落泪，是我始料不及的。

每天晚饭后我都独自出去散步，我知道习惯独处是我长大的标志。小时候可不是，娇宝贝一样黏着人，上中学的时候他们背地里管我叫"甜腻腻"的女孩，再大了落了个外号叫"宝宝"。后来我渐渐明白——人对他人的需求越少，就会活得越自如、越安详。没有人，哪怕他愿意，也不可能完全满足另一个人的需要，唯一的办法就是令自己的需要适可而止。所以我感到对你的需要太过强烈的时候，我便会责骂自己，会抑制自己，会想贬低它，令它平凡一些，不致构成伤害。

波兰斯基在他的回忆录里说：我懂得了爱情与喜剧、体育和音乐没有不同，在享受爱的同时，人们可以感到生活轻松自如……他有此感受的时候三十出头，《水中刀》刚刚提名奥斯卡最佳外语片奖，正是春风得意，身边很有一些美女。不知道你有没有过相似的感受，也许爱情应该是这样的吧。在我散步的时候想你，禁不住轻轻微笑的时候，爱情就是喜剧和音乐。但另一些时候，是折磨。但是折磨也很好，为什么是古希腊的悲剧而不是喜剧更能体现人类精神呢？因为令人类自己敬重自己的品质都不是轻松愉快的，都是些对不可抗拒的命运的倔强态度呀，保持尊严的神圣企图呀什么的。我以前一闻见点儿悲剧的气息就会不顾一切地往上冲，倒霉的浪漫情结，现在是怕了，想把爱情当喜剧和音乐了。

　　我想你一定也希望如此。

65

我打电话问老大："有什么可干的？"

老大哼哼唧唧地："还能有什么可干，叫上众人出去撮饭呗。"

于是我们分头打电话叫了所有的闲人，约在三里屯的 City Club 见面，然后就吃饭地点集体讨论，以举手表决的方式选定了去亚洲之星吃印度饭，然后三人一组打车前往。

我们到了三环路路边下车进饭馆的时候，几个等在门口衣服破烂的乞丐围上来要钱，当着这么多人掏钱包我可不好意思，没理睬。别的人也都漠然视之地走过，只有徐晨不耐烦地挥舞着手臂，低低地厉声喝道："滚蛋！"

服务员帮着拉开门，要饭的在我们身后散开，各自回到原来的角落。

大家坐定点菜的时候，我招呼对面的徐晨："伸出你的手让我看看。"

"干什么？"他伸了左手给我看。

"两只。"

他又放上一只手："怎么样？我能找到完美爱人吗？"

"未来的事我可不会看。"

他双手的感情线下面密密麻麻地生着一排排下羽，我让他收了手。

"怎么样？"

"有同情心。"

"没错！那些女孩，是因为可怜她们才跟她们上床的。看她们可怜巴巴的，不就是跟我上床嘛，又不费我什么事，只要别长得太难看了。"

"我看是女孩看你可怜巴巴，挺大的人了，又是一作家，不好让你难堪！"

用不着我开口，自然有人听不下去，追着赶着大加讽刺。徐晨梗着脖子脑袋转来转去地欣然接受别人的炮火，要打击他可不容易。

这一桌上大概只有我相信徐晨的话有真实成分，他是我见过的心肠最软的人。

徐晨上小学时常常把街上的乞丐带回家，趁父母还没下班的时候在厨房里给他们吃这吃那，送给他们自己的钢笔、尺子。上中学以后依然如此。当然，他纯真的心灵必定要受到打击，慢慢能够分辨谎言，家里的东西一次次被窃，被人嘲笑挖苦，被父母训斥。上大学以后他不再给要饭的一分钱，而且看见他们就让他们滚蛋——是出于对自己性情恶狠狠的矫正。闹不好他私下为自己的心软感到可耻，看他一次次和女孩分手，我简直怀疑他是在磨炼自己的冷酷无情。

66

正如徐晨所说，他的生活可以用一句话概括——接受打击。

我大学毕业的时候，徐晨在中关村的一家小电脑公司上班，他有时候下班会顺路来看我，我们坐在楼前的大榕树下聊天。我不知道那天我说了些什么，总之，我一定是看起来很快乐，他在边上观察了我半天，忽然说：

"你真是个幸运的人，到这个年纪竟然还没有事情来把你打垮。"

我被他说愣了，想着果真如此吗？

"等着瞧吧，上帝的花样可多着呢，那件事情总会来的，它会来打垮你，你躲不过的。"他近乎嫉妒地断言。

"有事情把你打垮过吗？"

"当然，你还装着不知道。"

"我是不知道，你没告诉过我。"

"你。"

"我？你是指……"

"对。如果追根溯源，我的信念是在哪一天崩溃的，就是你离开我的那一天。在那以前，我根本不相信你真的会离开我，对我来说那只是闹闹，过后你总会回到我身边。但是你真的走了，很长时间我都不能相信——那就是说这个世界什么都可能发生，我的意志对它不能发生任何作用，它与我头脑中的世界毫不相干。对你我也感到惊奇，我仿佛第一次意识到你是另一个人，也要吃东西，要呼吸，有着独立的胳膊、腿，独立的意志，我们之间不是我想象的密不可分。是，我对你也要呼吸这件事都感到惊奇。总之，那一天我忽然明白，这个世界不是我从小以为的那个世界。"

"不是我，也会是另一个人，总会有人让你明白这个。"

"对，当然。但是，你是第一个。如果第一个誓言不必遵守，以后的誓言也就不必遵守了。"

"抱歉我充当了这个不光彩的角色，就假装我是无辜的吧，我只是被生活利用了。"

他笑起来："你的确是无辜的，不过有时候我可不这么看，我认为你是和生活在私下订下了什么鬼契约，合谋害我。"

"知道我为什么没有被打垮吗？"我问他。

他摇摇头。

"因为我们有个本质的差别，你是个乐观的理想主义者，而我从小就是个悲观主义者。你对世界充满了幻想、憧憬、过多的奢望，但我则充满了不安和警惕，认为每一点欢乐都是我从生活里非法获得的、侥幸夺取的……所以看到生活的真相你就会崩溃，而我幸免于难。"

"讨厌！以后我要有孩子一生下来就对他进行地狱教育，这样他但凡有点快乐就知足了。不过最好就是不要有孩子。"

"但是，早晚有一天……"他想了想肯定地说，"早晚有一天，你会疯狂地眷恋某样东西，除非你一直适可而止，不过我不信，你肯定会疯狂地眷恋上什么，哼哼，到时候等着瞧吧。你根本控制不了自己，想去抓你抓不住的东西，只要这世界上有一样东西引起了你这种感情，你的堡垒就不攻自破了！等着瞧吧，我倒真想看看那是样什么东西？！"

他乐不可支地唾沫乱飞，完全像个癫狂的预言家。而我只是不以为然地笑着。

"好吧，我们等着瞧。"

因为有了乐观与悲观的本质区别，我和徐晨对一切事物的观点便都有了分歧。

比如，徐晨认为大多数人都不是人，只有个别那些具有创造力的、给人类带来进步的人才是真正的人，所有的非人都得益于这几个真正的人的存在。但对我来说，他所谓的真正的人根本就是特例，是偶然，是人的变种——是神。而大多数的，那些平庸、下作、无聊，只求生存的才是真正的人。

再比如，他认为对空虚的恐惧就是对死的恐惧，我们的一切企图都是为了抵抗这死的恐惧，它是一切生命活动的根本。而我认为对空虚的恐惧是对空虚本身的恐惧，多亏有了死的保证，人才不致陷入疯狂，想想如果给没有意思的生命再贴上永不过期的标签，我该怎么打发这日子？

这些分歧的最终结果就是我可以心安理得，而他惶惶不可终日。

我一直努力在世界和我之间建构起一道屏障。

这中间只有一个漏洞——"早晚有一天，你会疯狂地眷恋某样东西，除非你一直适可而止，不过我不信，你肯定会疯狂地眷恋上什么，哼哼，到时候等着瞧吧。你根本控制不了自己，想去抓你抓不住的东西，只要这世界上有一样东西引起了你这种感情，你的堡垒就不攻自破了！"

我一直记得徐晨的话。

这一天不会真的到来了吧。

我想到陈天，不寒而栗。

152

67

陈天回来了。

但他没时间见我，他的另一个女友搬进了他家。

"我被整日监管了。"他在电话说，"但是监狱里有报纸，我可以看你的专栏。这篇我喜欢——《美感毫无用处，爱情有害健康》。"

《美感毫无用处，爱情有害健康》——讲的是我和老K的事。

有一阵子，我和老K的感情很好，于是决定去他家拜访。拜访结束后，我问老K他父母说了些什么。老K支支吾吾，顾左右而言他，我就断定他父母肯定说了什么，非要他说个清楚。老K看瞒不过，被迫说了实话："我妈说你窄胯骨，圆屁股，不适合生孩子。"

老K的母亲是个妇产科大夫。

我震惊之余冷笑两声。

"从来没听过这么实用主义的说法！难道我是专用来生孩子的吗？"

"她喜欢孩子嘛，又是个大夫。"

老K竟替他母亲辩解，而没有替我感到愤怒，我暗自记下了他这笔黑账。

想想吧，我又不是一个黑人，能长出这么个后翘的屁股容易吗？这简直需要突破人种的局限。而老K的母亲竟想把纵向发展的屁股，引向横向发展的道路，把美感引向实用的泥潭，把"窄胯骨，圆屁股"变成"宽胯骨，扁屁股"，为了在肚子里给孩子制造一个更大的生长空间，我一辈子都得带着个大扁屁股招摇过市。

对于一个艺术工作者来说，这种以实用代替美感的说法不可原谅！

老 K 因为母亲的关系，在家耳濡目染，对生理卫生很是在行。有一次我们激情洋溢的时候，他忽然说："经期的时候不能做爱，这样对你不好，老了容易得盆腔炎。"

我干脆地回答他："我才不管老了的事呢！"

得承认老 K 本意很好，值得推崇。可是老了不但容易得盆腔炎，还容易得糖尿病、心脏病、脑血栓、肝硬化、癌症，在做爱的时候提这个至少可以算是不合时宜。这么说吧，如果我爱他，我便很难出于对"老了会得盆腔炎"的考虑而一星期不跟他做爱。爱情可能是有害健康的。

后来和老 K 分手，不能不说他母亲和他这两次关于生理卫生的谈话都是原因之一——非我族类。

我把文章的后半段删了，加了一些别人的故事，给了《戏剧电影报》。

"我喜欢是因为它让我想起你的样子。"

"你还记得我的样子吗？你说，我是单眼皮还是双眼皮，嘴边的痣长在左边还是右边，眉毛是挑的还是平的，身上到底有没有胎记？回答我。"

"等你来了，我一样一样回答你。"他把我的话当成挑逗，我却忽然没了兴致。

"算了，我都不记得你到底长几条腿了。"

"抱怨。"他向我指出。

"好吧，我不抱怨，但是你要给我补偿。"

"又是一个债主。"

债主？这是一个危险而难听的词，他第一次使用它。

68

十天以后的晚上十一点，我见到陈天。他坐在黑暗中，整个楼都在停电。我是摸黑上来的，那深一脚浅一脚的紧张感觉使"偷情"这个词变得十分形象。

掏出带来的蜡烛点上，晃动的烛光里他的脸恍恍惚惚，缺乏真实感。我伸出手去抓他，抓住了他陷在阴影里的胳膊，至少他的身体是真实的，有温度、有重量、有弹性，在那儿占据了沙发的一角——我唯一能抓住的东西。我就那么一直抓着，不松手，什么也不想说，我只想我的手不是空的，我的怀抱不是空的，不想听情话，再好听的也不要，情话是空的，爱也是空的，我有的一切都是空的。上帝保佑柏拉图，让他的爱见鬼去吧，我要这真实可触、新鲜欲滴完全物质的爱情。我们做爱吧，我需要你的重量压迫我，你的热气吹到我脸上，我需要感到被充满、被摇撼、被烘烤。我们上床吧，我们乱搞吧，我们偷情吧，既然我们是这样的狗男女，我们一而再、再而三地偷情吧，在这烛光里、在这夜深人静之时，就算我们打出写满爱的大旗也不能改变这个事实，就算你坚持不和别的女人做爱也不能改变这个事实，我们来偷情吧，或者我们天生就喜欢偷情，任何正常的爱情都不能满足我们，我们需要眼泪，需要暧昧，需要分离，需要越过樊篱，需要可望而不可即的一切，难道我们没有心怀傲慢？难道我们没有恬不知耻地高唱颂歌？我们来偷情吧！

"你是双鱼座？"陈天开车送我回家的时候忽然问。

"不是，为什么问这个？这不是你的话题。"

"他们说双鱼是为爱而生的。"他看了我一眼，没有说下去。

　　为爱而生，很多人这样标榜自己，为爱而生？不，我不为爱而生，爱是我避之不及的怪物，是人生对我抛出的媚眼、顾盼有情中生出的一点眷恋，是这世界将你抽空、打倒，使你放弃尊严的唯一利器。别大言不惭地谈论为爱而生吧。

　　"我才不是双鱼座呢，我要是双鱼，早就闹得你鸡犬不宁、上蹿下跳了！"我笑着吓他。

　　"我现在不是鸡犬不宁吗？"

　　"不知好歹，有我这么克制的双鱼座吗？！"

　　"我不懂，我只是看了一眼徐晓斌的小说叫《双鱼》。"

　　停了好久，车已经驶下了三环路，他说："你的克制是最让我难过的。"

　　这是陈天式的情话，说明他有着洞察一切的目光，他知道我是经过怎样的克制才能对他温和地微笑，才能顺从他的意愿，才能不每一分钟都说我爱他，才能每一刻都抑制住拥抱他的渴望，我才能安静地坐着，才能不哭泣，才能交谈，才能微笑，才能生活下去……

　　他知道我爱他比我表现出来得要多，这让他害怕。

　　后来他说：

　　"你是一座隐蔽的火山，正冒着烟的火山不可怕，人们会避开它，但是你，你安静地待在那儿，突然爆发的时候，便会毁灭一切。"

　　"放心吧，我这儿的地壳比别的地方坚硬得多。"

　　但是他明显地并不放心。

69

陈天在伦敦街头买了一张水粉画，说："长得像你，所以买了。"

画中人是浅浅淡淡的一个影子，说像还真像，说不像也不像。

他给我带回的礼物里有一瓶香水。

"不要擦香水，至少见我的时候不要擦。"

他曾经这么要求，我照办了。

为了这句残酷的话，他送了香水给我。

"你不是不让我用吗？"

"不见我的时候可以用啊。"

Nina Ricc的这款香水叫作"时空"，初闻起来非常清淡，但是随着身体热度的烘烤它会变得浓烈起来，完全出乎你的想象。

你最初闻到的气味，和后来别人闻到你的味道完全不同。

你以为会清淡，实际却浓烈，如同我的爱情。

70

　　我和爱眉在一家韩国饭馆里，对着两份没怎么动的石锅拌饭。下午爱眉打电话问我在干什么，好久没我的消息了。我说没事，老一套，出去吃饭吧，我正有事问你呢。我能有什么事问爱眉？现在除了陈天我还关心什么？

　　"跟我说说金牛座。"

　　"金牛，最有美感的星座，热爱一切美丽的事物，懂得享受生命的美好之处，'金星'这个词就是维纳斯。"

　　"不错，继续说。"

　　"非常有现实感，坚持生活在自己的天空下，在任何问题上都是安全第一。"

　　完了。我心说。

　　"你又和金牛扯上什么干系了？"

　　"我们合适吗？"

　　"天生一对，内心浪漫的现实主义者。不过我还要知道他的月亮、金星、火星和上升星座。"

　　"这个我可不知道了。"

　　"你来真的了？"她看了看我，说。

　　"这么明显吗？"我惊道。

　　爱眉耸耸眉毛，表示用不着解释。我沉默着，知道她在等着我开口，可我不想说，说出来可能会好过点，但是不，我说过我不会和任何人谈论他，除了这个秘密我再没有别的。

　　"我认识一个通灵的人，如果你想问什么，可以问她。"

"通灵？你问过吗？"

"没有，我害怕知道。不过她非常灵，能说出你的前世今生，你可以打电话约她。"

饭桌上的气氛变得很怪异，我记下了那个电话，我不知道我会不会打，我也害怕知道。

"其实，摩羯和双鱼也很合适。"爱眉说。

"你是指我和徐晨？"

"就是说你俩。"

"土和水几乎是完美的结合。"她解释说。

"土和水，没错！我俩合在一起就是一锅泥水。"

"他能使你感到舒适，而你则使他安宁。"

"他能使我感到舒适，而且还能让我感到不安！"

"当然有许多差异需要弥合。"

"你相信差异能够被弥合吗？"

爱眉没吭声，她不信这个。

"用不着替他操心，他忙着呢！他最近组织了一个B型血双鱼座协会，决定以后只跟B型血双鱼座的女孩恋爱。他认为在这些同类的女孩中找到他完美情人的概率更大。为了争取时间，提高效率，他还定了规矩，一年按春、夏、秋、冬划分，每三个月换一个女孩，她们分别是他的春女郎、夏女郎、秋女郎和冬女郎。"

"真行！"爱眉佩服得五体投地。

"的确。"我同意。

"他们能相处得不错。但太相似就缺乏趣味，没有好奇也就没有吸引力。而且，在别人身上看到自己的缺点，是人最不能忍受的事。"

　　"要告诉他吗？算了，他正为他这个计划兴奋不已呢！我最爱扫他的兴。"

　　"你才扫不了双鱼座的兴呢，他们只能自己扫自己的兴。"

　　"好吧，我也应该向老大他们学——看他的热闹吧！"

　　不过这次想看徐晨的热闹也没什么好看，没过多久，B型血双鱼座协会就解散了。

　　"她们都是假猛，说好三个月就分手，到时候就变卦！而且我都说了实话，说我不喜欢她了，她竟然不信？！非说我爱她。不可理喻。"徐晨又在抱怨。

　　"她怎么能信呢？她是双鱼嘛！最主观的星座，你忘了？"

　　徐晨听出我的弦外之音，在电话那头笑道："你少来这套！"

　　我才懒得管他，我自己的事还绞缠不清呢。

71

穿衣服的时候，我看着陈天——一个受人尊敬的作家，一个已经开始变老的中年人，只裹了条浴巾趴在床上，一根一根地把我散落的头发捡起来扔掉，实在是十分滑稽！

"你真细心。"我挖苦他。

"就算这样都不行。"

"我觉得你完全有责任写一本《通奸大全》，把你多年的经验告诉其他男士，对女人也有好处呢。"

他委屈地看着我："别这么尖刻，这不像你。"

"尖刻一直是我的优点。"

"如果被发现了，我就不得不离开你，我不愿意那样。"

我心软了："放心吧，无论以后发生什么，我都不会责怪你。"

陈天已经说得很清楚，如果非要他选择，他只能放弃我。

我不知道我为什么对他的这个说法泰然处之，并未感到受了伤害，为什么？我相信他爱我，我还相信他会在不得已的情况下放弃我？这是他妈的什么悖论？！

72

　　好莱坞老明星弗兰克·辛纳特拉收集出版了一本《名人食谱》，里面全是由名人提供的菜谱。沙朗·斯通的菜谱叫"每日苹果"。做法是：走到冰箱前，打开冰箱，拉开里面的水果储藏箱，拿出一个苹果，然后张嘴咬下去。

　　这些天我基本上就是靠沙朗·斯通的菜谱生活。

　　我一米六三，四十五公斤，冬天胖点，夏天瘦点，但左右不差三斤。别人说我瘦，自己不觉得。不过那个秋天快结束的时候我可真瘦了，瘦得要飘起来一样，半夜摸到自己的手腕把自己都吓了一跳，这是我吗？孩子也没有这么细的手腕！要成仙了！

　　好吧，打开电脑，以我的痛苦再挣点稿费，这样它至少还有点用处。

　　——多年来一直有人向我讨教瘦之窍门，使我不得不一次次正视我的瘦，终于明白瘦弱是现代城市女性的标志。

　　这个发现我得说是得益于我与发廊小姐的多次闲谈。每一个发廊的洗头小姐在熟识之后，都会谈到减肥的问题，她们无一例外地对自己的身材不满。胖，有些人并不能算胖，但有一点是肯定无疑的，她们都很健壮。这种健壮，粗壮的胳膊和大腿，过宽过厚的屁股，就如同她们脸上的红晕一样，是劳动的产物，是劳动后食量增大的产物。她们个个都想知道怎么做才能变得和我一样。好吧，秘方如下——要想脸色苍白、细胳膊细腿儿、纤弱无力，一定要晚睡晚起，整日不见阳光，食欲不振，吃什么都不香，因为吃得少也就没有劲，没有劲也就干不了什么重活，越不干活也就越不想吃饭，如此瘦性循环。总之，要无所事事，多愁善感，最好再陷入无望的爱情，这是一个漫长而艰苦的过程，你以为人人都来得了？

结尾段落我抄了一段《读书》的文章：

"职业妇女之所以竭力减肥，艰苦卓绝地背起瘦美的重担，为的就是摆脱传统母亲或家庭妇女丰腴的刻板形象，为了和至今还干粗笨活路的劳动妇女划清界限。这是一个女性蜕变的时代，有欲仙的兴奋，也就难免欲死的折腾。"

73

亚东打电话来的时候，我厌烦得不行，但还是保持礼貌吧。

"你好！"我假装已经好几个月不见他，而且也不准备再见他这回事。

"你怎么样？"

"很好。"

再寒暄下去我知道我会假装很忙，他也会知趣地说只是问个好，说有空再联系。如果我不打，他已经被拒绝过一次，不会再主动打来了，一切Over，不用多说一句话，大家万一再见面也用不着尴尬，全都很得体。

但是，他对这一套知道得和我一样清楚，所以他有话直说。

"下星期我要去美国了，恐怕不会常回来了……"

"是这样。"

"明天你有空吗？"

我停顿了一下，他在电话那一头等待着，好吧。

"好，我们一起吃饭，或者去哪儿坐坐？"我先摆明自己的立场，他这么聪明焉能不知。

"Jazz•ya吧，晚上八点半。"

"好。"

我坐在Jazz•ya等他，对他挑选的这个地方很不以为然，尽管这儿的鸡尾酒一流，音乐也不错。这是我和亚东第一次见面的地方，随便挑选一个地点不是他的风格，他所做的一切都另有深意，这是我喜欢他的原因，我们什么都不说，以试探对方的领悟力为乐。但以我现在的心境，对这种游戏实在兴趣索然，希望他不要再搞出一幕在结婚前夜长吻我那种戏剧性的场面。

我坐在木头椅子上喝可乐冰激凌胡思乱想的时候，亚东进来了。他看起来依然很顺眼，依然吸引我的目光，就像一年前我从那乱哄哄的聚会上发现他时一样。但是又怎么样呢？我熟悉他做爱时的神情，却说不出他在哪儿工作。一家设计公司！没错。但是哪一家？他干些什么？我真的不知道。

他说他要走了，移民去美国，他老婆已经去了。我说好啊！看来你运气不错，因为我表妹也要去美国，被拒签了无数次，现在办移民还要排两三年的队。他说是这样，你没想过出去吗？我说不，除了出去玩，我不会住到使用另一种语言的国家。为什么？因为我喜欢这儿，我有这儿的语言天赋，我生在这儿，长在这儿，喜欢这儿的男人，只和他们谈恋爱。不说我都没注意到，我所有的男友都是北京人，只有很少的例外，我可不是故意这么干的，看来，我还是爱这城市的气质，就算我总是抱怨它空气污浊、气候恶劣。

他通常话不多，我是因对手而异，不过那天我们真闲扯了很长时间，肯定是我想显得热情一点，让一切在友好的气氛中结束。本来是可以做到的。

他还是那副冷静的样子看着我，眼睛眯起来算是笑了。

"没想到你还真能闲扯，以前没发现。"在我说到对我来说有两个纽约，一个是伍迪·艾伦的纽约，另一个是马丁·斯克塞斯的纽约时，他这么说。

"你不喜欢他们的电影？"

"我对电影一窍不通。"

好吧，我不再替你打圆场，你非要在临走时搞出点惊人之举？那好吧。我盯着玻璃杯中已经融化进可乐的冰激凌，不再出声。

他叹了口气，严肃起来："我不知道该不该说，我知道我再忍一下我就走了，我就永远不会对你说了。但是我很自私，我害怕如果我不说出来，我会因为想着这些没说出口的话而记住你。我不愿意在美国还想着这件事。"

我抬头看了他一眼，我的脸肯定紧张地涨红了，他便笑了。

　　"你以为我要说'我爱你'吧？是不是？"

　　"我没以为什么。"我抬起眼睛，有点不快。

　　他依然带着笑意看着我。

　　"你想说什么？"我问，感到烦躁。

　　"我每次想说什么，一想到你会觉得我在说蠢话，只好不开口了。"

　　"我没觉得你在说蠢话，相反，你是个少见的聪明人。"

　　"当然了，因为我领会了你每一句话、每一个表情的言外之意。你喜欢我，但是仅此而已，不要停留得时间太长，你该走了，别告诉我你的事，我不想知道！我宁愿我蠢一点，不知道你是什么意思。你跟我说，是不是有人根本看不见你划出来的那条清清楚楚的线？"

　　我怎么回答？

　　"我以为你喜欢这样，你没有表现出任何……不满，而且你结了婚。"我向他指出。

　　"别跟我说你有什么原则，不跟结了婚的男人来往，那不是你要的最好的界限吗？"

　　"不是那么回事。"

　　"那么还是有原因的，你突然不再理我了，但是你认为我没有必要知道这个原因。"

　　"我已经受到惩罚了。"

　　"我也说不清到底怪你什么，可能是怪你没有给自己一个机会。"

　　"其实，给不给自己机会，要爱终究会爱的。"

　　"是吗？"

　　"是。"我肯定了他的疑问，"——我已经上了贼船，而且它就要沉了。"

　　"是这样。"他沉默了一会儿。

"算了，没有爱上我，并不算什么错误。"他最后笑着说，风度颇佳。

如果亚东是想打击我，他做到了，这阵子我不断地发现自己实际上是个自作聪明的傻瓜。当然他不是为了打击我，打击我什么？在正常的情况下这丝毫打击不了我，也许倒会助长我的骄傲，但是现在不同了——爱情使人变得如此卑微。我很希望有一天我也能像他一样潇洒地对陈天说："算了，没有爱上我，并不算什么错误。"或者说："没有能自始至终爱我，并不算什么错误。"但是我说不了这话，因为陈天拒不承认他不爱我。

按照小学老师的说法：同学们，亚东这件事说明了什么？我会举手回答：这件事说明了两个相似的人，或者说两个自作聪明的人根本不会有好结果。

就是这么回事。只有误解才能产生异样的魅力，才能引发爱情。

74

10 月底，《小童的天空》以合拍片的名义送审被打了回来，已经准备开拍的剧组顿时乱了手脚。

修改剧本的任务又落在我的头上，我去"天天向上"听了情况，提出的意见对剧本是致命的，很难修改。

我刚到家，陈天的电话就跟来了。

"怎么了？有什么事忘了？"

"没事儿，我只是想你受了打击得安慰安慰你。"

"我有那么脆弱吗？"

"你笔下的女孩都很坚强，我想人都是缺什么写什么。"

"你是真知道，还是天生会说好听的话？"

"喂，这是恶意的！"

我拿着电话笑了。是，我需要他的安慰，就算他只是天生会说好听的话，我需要好听的话、动人的言辞，这由水星和金星美妙的合相产生的天赋，如果这天赋再加上一双透视人心的眼睛，我只能举手投降。

75

冬天来了，这对陈天是个严酷的冬天，对我也是。

每样事都出了岔子，一桩接一桩，桩桩都是非个人之力所能逆转的。陈天陷在事务纠缠中难以脱身，他已经三番五次地要求离开公司回家写作，为此和公司闹得很不愉快。一大摊子事搁在那儿，他整天愁眉不展，无可奈何。我听到不止一人抱怨，说他当时热情地揽下了很多事，现在又突然甩手不管，把大家都搁在当中。我只能听着，他已经承受了太多压力。

《小童的天空》像其他的事一样被撂在半空，香港的制片方打电话给我，说已经拖延得太久，又找不到陈天，陈天的女秘书还跟他打官腔，让他找合拍部去。我还是只能听着。我不会为这事询问陈天，和他在一起的每一分钟对我都很宝贵，我不想说这种闲话。而且，这件事本来就是由他而起，他要怎么样就怎么样。

我知道我已经完全违背了为自己制定的原则，这是必然的结果，我背离了第一个原则爱上陈天，以后就只能一发而不可收拾。这有点像徐晨的理论——第一个誓言不遵守，以后也就都不必遵守了。我的人生已经毫无原则，唯一剩下的一点逻辑也是陈天的逻辑。

杜羽非和陈天闹翻了。这个女人我在前面提到过，从陈天过去的闲谈里我知道她对他是多么好，他说过他们是好哥们儿，但她要求的一定不是好哥们儿。如老大经常说的：供求关系发生了问题。陈天对女人的那份好是足以使人存有幻想的，但是"好"就是"好"，既不是一贯的，也不是专一的。

陈天同意主编一套书是为了还杜羽非的人情，杜羽非不知怀疑他什么，半夜打电话问他：你老实跟我说，你到底想干什么？反正是已经不信任了，闹到这么不客气也足见他们过去多么亲密。女强人怎么肯受男人的怠慢和委屈？

那真是一个多事的冬天，对陈天最可怕的打击终于来了——他父亲去世了。

我有一阵子没见到陈天了，他的声音完全哑了，因为牙疼整个脸都肿着。我非常想安慰他，但是我不行，我是他的另一个麻烦，我能做的只是躲开他，让他安静。

他不再每天打电话来，间隔的时间越来越长，但我还是每天在电话旁等待。

那个阴霾满天的冬日是陈天最委顿、沮丧的日子，他看起来判若两人，毫无生气，阴郁沉默，令人心酸，他说他听到纪念活动上大家对父亲的评价止不住地流泪，他说：我死的时候不知道能不能像父辈一样受到由衷的尊敬。他说他整夜在三环路上开车，他觉得他的创造力枯竭了，他不知道该怎么办，有时候恨不得冲着围栏撞过去……

看见他的时候，他正在电脑前写作，我远远地坐下，没有说话。

他一直背对着我，不曾回头，让我觉得那是他对我选择的姿态，下意识的姿态，让他安全的姿态。我看着那个背影，忽然想起张楚的歌，那句歌词飞到我的脑子里——"他已经苍老，已不是对手。"

他在那个冬天突然老了，他还要继续老下去，我不愿意他这么觉得！已经许久没有过这么深刻的怜惜之情，我无能为力，我的手不能抚平他的皱纹，不能给他安慰，也永远不可能责怪他。那个冬天我顾不上替自己难过，如果什么能让他快乐起来，我什么都愿意做。问题就是，我什么也做不了。

过了很久他才从电脑前站起来，走到我面前，一声不吭，忽然蹲了下去，抱住我的腿，头垂在我怀里……

——我的心已经化成一摊水，那摊水酸酸的，要把我淹没了。

76

陈天不再去公司了，他的脑袋完全被别的事占据。对别人的不满他只说了这么一句话："我好人也做过了，就做一次坏人也没关系。"

77

　　父亲的去世对陈天的影响非他人能够理解，他重新缩回他的小屋，思考他的创作。

　　"你的书是写给谁看的？"在那以前，我曾经很正经地问他。

　　"写给看书的人。"

　　"对，当然是看书的人，但是是什么人？"

　　"我不知道，也许是以后的人，还没出生的人。"

　　"这也算是一种答案，至少说明你对自己有信心。"

　　"其实我只是做我自己喜欢的事情罢了，我不是野心勃勃的小伙子了。你呢？你写给谁看？"

　　"电视剧嘛，自然写给老百姓看，他们看不看其实我也无所谓。"

　　"你'有所谓'的东西呢？"

　　"写给自己，写给跟自己同类的人，其他的人随便。"

　　"我知道你会这么想，很多年轻作家都这么想。"

　　"你呢？你怎么想？"

　　"我在美国的时候去华盛顿的国会图书馆，你知道那儿有多大？在那浩如烟海的图书中，你有必要再加上自己的一本吗？这一本有什么价值？有它独特的必要性吗？为了兴趣或者争名逐利写作我也理解，但这不是写作的终极目的。"

　　"会有什么终极目的吗？人生又有什么终极目的？"

　　"你搬出了虚无，一切问题就都不能谈论了。虚无可以颠覆一切，我们要谈论任何问题都必须预设一个对生命的肯定答案，否则就无法进行下去。"

"OK，假设我们的生存是有意义的，有目的的，不是偶然、不是被迫、不是自然随机的选择，美和善的原则的确是宇宙的原则之一。写作是为了什么？"

他笑了笑，以拍拍我的头代替了回答。

是的，要谈论任何问题都必须预设一个对生命的肯定答案，这样我们寻求意义的活动才能得到肯定和赞赏。但是我给不了自己这个肯定的答案，我想知道在一个否定的答案下，我该如何生存下去？我在其中找到的欣喜之事就是寻求美感。这一切都跟意义无关，所有的爱情、激动、感动、慰藉、欣喜、仓皇、痛苦，都不是意义，只是感官的盛宴。我想要的就是这样的盛宴。

我和徐晨也曾经为哪一种艺术更高超而争吵，也许我一直以平庸的态度爱着艺术，不过把它当成了逃避乏味人生的甘美草原。讲述和描绘可以使枯燥的生活显示出意义，我总是想拿起剪刀把那些岁月剪辑成一部精致的电影。如果有人兜售这样的人生，我想人们会倾其所有去购买。电视剧总是不能像电影一般精美，因为它像生活一样太过冗长，人们渴望日复一日的幸福，其实有了日复一日也就不再有幸福。

我和陈天对我们的工作谈论不多，后来就更少。我俩的共同之处更多是在情感取向上，而不是艺术见解上。

陈天是个颇能自得其乐、享受生活的人，他对世俗生活有着一种我所不能理解的浓厚兴趣。他非常贪玩，下棋、钓鱼、打麻将、玩电游、吃饭喝酒、和女人调情，对名利一向不怎么上心。骨子里当然是骄傲的，许多事不屑一做，许多人不屑一理，对一些必须为成功付出的代价表示不以为然。他的这种世俗风格十分中国化，跟徐晨夜夜笙歌的颓废完全不同。

我和陈天相差二十岁，简直就是两个世界的人。四五岁的时候，我妈开始教我背："鹅鹅鹅，曲项向天歌，白毛浮绿水，红掌拨清波。"到我可以自己选择书籍，我得说就没好好看过一本中国书。我所有的情感方式、价值判断、兴趣爱好都是西方式的，这"鹅鹅鹅"在我身体里到底占了多大部分，实在难说。

我的西方式的、极端的疯狂，撞在了陈天软绵绵的、不着力的善意里，完全消解了。有一点倒是可以肯定，陈天不是我的吸血鬼，对我的奇谈怪论也不感兴趣。

我说过，陈天的文字像吹一支幽远绵长的笛子，不急不躁，娓娓道来，像是什么也没说，却已经说了很多。

那笛子好是好，但终究是与我无关。

唉，我们到底是以何种名义相爱的？真是一头雾水。

78

　在我最想念陈天的时候，有过各种念头。一定有某种办法，让他把他的梦境卖给我，那样我便拥有了他的夜晚，每夜等他熟睡之时，我们就可以相会。

　我床头放着本《哈扎尔辞典》，抓起来就能读，不管是哪一页。我对书中的阿捷赫公主着了迷，因为她擅长捕梦之术，能由一个人的梦进入另一个人的梦，在人们的梦中穿行，走了数千里的路，为了死在一个人的梦中。

　我常常梦见陈天，醒来时便恍恍惚惚，或者是根本不肯醒来，打定主意用被子裹着头，闭着眼渴望睡去，再睡下去，让梦中的陈天继续说话，继续微笑，继续他的温存。

　"你从不早起，就像这个姑娘。嫁到邻村后，她不得不早早起床，当她第一次看见田野里的晨霜时，她说：'我们村里从来没这东西！'你的想法和她一样，你觉得世上不存在爱情，那是因为你起得不够早，无法遇上它，而它每天早晨都在，从不迟到。"

　起床的时候已是傍晚，随手拿了包饼干吃，那本哈扎尔书在旁边，一翻便是这一段。

　我一遍一遍地读它——你从不早起，就像这个姑娘，从不早起，因为你起得不够早，你无法遇上它。我们都起得不够早，就这样把爱情错过了，我们早早起来，却害怕外面的寒冷不愿出门，就这样把爱情错过了，我们在去田野的路上跌倒不肯爬起，就这样把爱情错过了，我们早早地起来来到田野，眼睛却已经瞎了，就这样把爱情错过了，就像这个姑娘！

　令人绝望。

79

"刚刚写完，我先睡了。完了事你来吧，门我开着。"早晨八点，陈天打电话给我。

那天的整个上午我都戴着墨镜，一直戴着，谈事的时候也戴着。让世界在我眼里变得模糊一点吧，这个世界与我无关，唯一有关的是你，为了和你相会，我愿意一直睡着，睡着，在别人的办公室里睡着，打电话的时候睡着，下楼的时候睡着，在出租车里睡着，付钱的时候睡着，直到见到你才醒来，你才是我真实的生活，其他都不是。

但是你，只有在你睡着的时候才能属于我。

我三言两语打发了一个制片人，打了车往他那儿赶，上午十点，这是我应该熟睡的时间。

我上到三楼，如他所说，房门没锁，一推就开了。房间里很暗，窗帘低垂——人造的夜晚。书房的门敞开着，很重的烟味，电脑屏幕保护的那缸热带鱼在黑暗中无声地游动。

他在床上，在熟睡，被子蒙住了头看不见脸。

我站在卧室门口，开始脱衣服，一件，一件，脱得一件不剩。

走到床前的时候，我突然感到恐惧，也许我进错了房间？也许上错了楼层？也许这个熟睡的人不是陈天？也许我马上就得夺门而逃？

而我一丝不挂地站在这儿！

房间里的钟嘀嗒作响，我不知所措地站着，觉得冷。

终于，被子里的人翻了个身，脸从被角露出来。

陈天甚至没睁眼睛，也没有人说话。我怀疑他会这样抱住随便哪个溜进他房间的女人，爱抚她们，和她们做爱。这个人造的夜晚蜜一般稠腻，它模仿得如此之像，甚至让真正的夜晚无地自容。他开始在我耳畔轻声述说，含混不清，如同梦呓，要想听清就得从这白日梦中醒来，但我醒不过来，就让他说吧，声音便是意义，他的话语不过是交欢时的颂歌，不必听清，也不必记住，让他说下去，说下去，作为超越尘寰永不醒来的咒语。

两个多小时后，他又睡着了。我像进来时一样，悄无声息地溜下床，穿好衣服，溜出门去。但是，我把他的房门牢牢地锁好了，我可不希望另一个女人也这样溜进去……

像我希望的那样，陈天把他的梦卖给我了。等他醒来，他会以为他只是做了个春梦。而我，像阿捷赫公主一样，能够把梦中的东西带进现实——他的亲吻还留在我的身体上，鲜红如血。

我几乎快乐地微笑了。

走到大街上的时候，才发现天气竟是那么地晴朗，太阳暖洋洋地照着，几乎有点刺眼，春天要来了。路边一个举着报纸的年轻男人抬起头注视着我，面带微笑，我想是我脸上的笑容吸引了他，我棕色的软皮外套和米色裤子在这天气里如此轻巧和谐，我在那个陌生人的笑容里穿街而过。

80

老林的第一句话就是："知道了吗？徐晨的丑事！"

"不知道，快讲快讲！"

"一句话——丑态百出！"

徐晨一有点什么事，他周围的朋友就会如此奔走相告，兴奋不已。徐晨也知道，并且甘当丑闻男主角，他会说："生活本来就够枯燥的，有点乐子也不错。"

这次的故事是这样的：

徐晨一直在坚持不懈地寻找他的梦中情人，要靠自己一次一次地亲自考察、鉴别，他觉得效率太低，于是决定借助网络。他公布了自己的邮箱地址，引来众多女读者的来信，他便在其中慢慢筛选。在一番必然的希望和失望之后，一个女孩终于让他怦然心动，有了欣喜之感。她像是老天特别为他准备的，对他的爱情充满憧憬，对他的喜好了如指掌，信件的文笔也算不错，最要命的是句句话正中要害，说在他心坎上。徐晨开始有了惶惶的期待。为了不白费工夫，他早就练就一张厚脸皮，直截了当地询问姑娘的身高、体重、腰围尺寸，皮肤是否白净，脸上有没有大包（他最恨脸上长大包的女孩）。女孩一一回答了，还发过来一张照片，真是百里挑一，样样合意。徐晨抑制不住地把这件喜事告诉了大家，因为激动又结巴了起来："这次像是真的了，这次像是真的了！我试探了好几次，像是真的了！"他问大家要不要见面？大家都说：见啊！徐晨便向姑娘发出了见面的邀请。姑娘犹豫了一下，终于还是答应了，两个人约在星期六下午六点在德宝饭店见面。徐晨说："如果你是，我会认得出你。"

生命中真的有奇迹不成？我们没遇到是因为我们没有徐晨的诚心？

那一天的气氛十分紧张，林木和老大他们都聚在了一起，随时等待徐晨的好消息。徐晨临行前打来电话，说："如果真的不错，我会带她和你们一起吃饭。"

六点钟、七点钟，朋友们饿了，叫了饭菜边吃边等，徐晨的电话一直未来。

这是一个骗局，两个和徐晨一起长大的朋友制造的骗局！

生活中当然不会有什么奇迹。

一个年近三十的人，竟然天真到相信网上的来信和照片，他不出丑谁会出丑？

放下老林的电话，我马上拨了徐晨的电话，他们已经为这事笑了他好几天，我也准备取笑他。

"喂，听说你的故事了！"

"是，我没法儿原谅他们。"徐晨竟说了这么一句，我取笑他的念头顿时没了——怎么回事？徐晨对任何人都很少说原谅不原谅的话，他记仇的时候不多，也就谈不上原谅。我知道有人对他做过比这过分十倍的事，他都能一笑置之，况且他们是他从小的朋友。

"我在大堂等着的时候，看见老丁一晃而过就觉得不对劲儿，过一会儿又看见了阿九，手里举着个摄像机在那儿拍呢。我站起来想走，他们在后面跟着，一直跟到停车场。他们怎么能这么干？我还把他们当成好朋友！"

"他们只是想开个玩笑。"

"别的都能开玩笑，这个不行。"

"你怎么了？你不是个计较的人，比这过分的事你都无所谓，在网上男装女、老装小的事多了，网络嘛，你怎么能当真？"

"不是那么回事儿，你不懂我的意思吗？看来你还是不了解我。那天晚上，我妹妹正好从美国打电话来，我跟她说了，我还没说完，她就说，别说了，永远忘了这件事吧。跟梦想有关的一切对我都是禁忌，在生活里你可以随意伤害我，我无所谓，但是你不能碰我的梦想。"

我被徐晨说愣了，凄惶地挂了电话。

老天保佑，这世界上还有一个明白他的人！真惭愧。这件事严重到什么程度？徐晨跟这两个从小一起长大的朋友绝交了。他也应该跟我绝交，因为我也取笑了他，而且我还自认为了解他。

这件事证明徐晨是无可救药的，试图唤醒他的任何尝试，无论是好意、恶意还是无意，都会要了他的命。

81

　　网络美女事件对徐晨的打击使我震惊，我震惊的是我原来还是不明白他！徐晨是我认识最久的一个人，我花了很长时间觉得已经洞悉了他的弯弯绕绕，但是没有。这是一件可怕的事，也就是说，其实你不可能真正了解任何人，任何一个人！

　　很多年，我一直观察徐晨，和他交谈，希望知道他的真实想法。初见他的人会觉得他极其坦率，但实际上他知道如何隐藏对他最重要的东西，但是他善于隐藏的天性会在一样东西面前暴露出真相，那就是——时间。当时间过去，最重要的东西变成次重要，他便会把它暴露出来，再去掩藏更重要的东西。所以时间越久，对他的了解会越多。他是个不可多得的人物，我观察了他这么多年，还未感到厌倦和乏味，我甚至更想知道，他的人生会走向哪里？人是可以像他那样度过一生的吗？率性而为，毫不理会"得体"二字。我总是以快乐的心情听他讲他的冒险故事、他制造的新的丑闻，我喜欢这个为"爱"而生的男人，在男人中少而又少。

　　许多时候我觉得他应该是激起我更大激情的人，但实际并不是。为什么呢？我只能归结为呼吸的节奏，或者血液的流速。如果非从理性的角度上说，我倾向认为是因为徐晨过分女性化了。他的情感方式、他对待世界的态度、他的挑眉吐舌头的神情，甚至他对女人智力的蔑视都非常女性化。我知道他是为人称道的好情人，对街头流莺都温柔体贴。我想只有他这样的男人才能真正满足女人的需求，因为他有着相同的需求。而我要的是更有力的爱情，而不是更缠绵的爱情。

徐晨很能打架，但极端厌恶暴力，他不能理解有人以暴力的方式去表达感情。他性情柔和，对人没有支配欲，心思细腻，柔肠百转。他是女人们的梦中情人，因为他跟她们是如此接近。

徐晨是一个陷阱，温柔的陷阱。他甚至具备一个好丈夫的素质，有耐心，懂得照顾别人，没有丝毫的颐指气使，做得一手好菜。

他有什么问题？一句两句还真说不清。老大倒是有一句简单至极的话形容他——"徐晨的脑袋和别人长得不一样。"

对爱人百依百顺的徐晨让我产生一种奇异的不安感，那是种很难形容的隐隐的不安，在我们相爱的日子里如影随形。他爱你，但是你永远也不知道他为什么爱你，那可能是因为你戴的一顶毛线帽子有着柔和的紫色，可能是因为你走起路来有点奇怪的外八字，或者你在树影下的微笑让他想起某个梦中的场景，再或者是那天的月亮白晃晃的，在你脖子上画出个让他感动的弧线，什么都有可能。他不会因为你努力表达的爱情多爱你一点，你懒散疲倦的样子反倒能激发他的热情。他不是活在你所在的这个世界，你不是你，你只是恰好印证或者符合了他的幻象。

爱情是好爱情，只是与你无关。

那感觉慢慢会让你觉得没趣儿，到最后去见他的时候都懒得梳妆打扮。当然，你可以试图了解他，猜测他的心思，但我敢保证你猜不对。我记得我有一件洗得变了色的白色棉布背心，并不常穿，那天穿着干活儿，他来的时候没有换我还有点不好意思，他却喜欢得不行，说我穿着那件变了色的白上衣让他感动不已。

他说过他喜欢温顺的女孩，懂得顺从命运，我就温顺，言听计从、一无所求。到后来想离开他的时候，便反过来拼命表现不温顺，想让他不喜欢我。

他写信说："你一次次地拒绝，我倒生出了好奇，难得你竟有坚持自己的勇气，以前我还认为你过于温顺了。"

你既不能讨好他，也别想惹他厌烦，他有他自己的那套。

对他来说唯一重要的就是他的白日梦。现实中与他白日梦吻合的他就喜欢，相抵触的他就讨厌，丝毫不差的当然就是奇迹了。

奇迹从未发生。

82

已经又有好几个星期没见到陈天了，见不到他慢慢成了我的正常生活状态，我已经逆来顺受，习惯于想念他，一声不吭地。

和徐晨、老大他们在"夜上海"吃饭的时候，陈天和几个人进来了，一看见他，我的胃就开始疼，我知道徐晨他们在注意我，要脸不变色也还是容易的。陈天也看见了我们，走了过来。我很热情地和他打招呼，别人也打，然后他们就在边上的一桌就了座。老大可比徐晨坏，就在我对面毫不掩饰地盯着我，但我也不是省油的灯。

"干吗？"我问。

"没事儿。"他说。

大煮干丝上来了，这一桌的人马上把陈天忘到了脑后，除了我。

一顿饭吃了两个小时，我们结了账起身离开的时候，旁边桌的陈天起身跟我们道别，我低头拿包一错身的工夫，陈天像地下工作者一样敏捷，在我耳边极轻地说："晚上来吧。"

我和他再见走了。

晚上九点半我给他打电话，说我过去了，他说再等会儿，还太早，我又进了一家酒吧，独自坐了一个半小时。想起几个月前，陈天担心我晚上出门，我笑他像我妈，现在他不再担心了。

差十分钟十一点，他的另一个女友不是夜猫子，应该已经睡下，不会再去骚扰他了。我起身结账，出门打了车。

"你在跟他们聊什么，那么热闹。"

"没什么，我忘了，胡说八道呗。"

"徐晨是你以前的男朋友？"

"谁这么多嘴？"

"看，被我发现了。"

"八辈子前的事，有什么可发现的。"

"嫉妒呗。"他说。

我没说话，我都从没提到过嫉妒，他竟然敢提？

他感到了我的沉默，忽然变了神情，看着我，轻轻地说："为什么不说话？你现在总是很沉默。"

是的，这是真的，我在他面前变得越来越沉默，"不爱说话""善于低头"，这是他最早形容我的话，现在又变成真的了。为什么？因为那爱太重了，因为要说的话太多了，我独自一人的时候每时每刻都在跟他说话，那些话成山成海，我不知道该拣哪几句说，我不知道和他在一起的这短短的两三个小时我说什么才能真实而确切地表达自己，最后的结果就是沉默，沉默。

"你为什么总是在电话里跟我斗嘴？见面就不了？"

"明知故问，你不知道为什么？我的嘴忙不过来。"

他在电话那头笑，他喜欢我的伶牙俐齿。

我们再不斗嘴了。

沉默不是我一个人的，也有他的份儿，那个神采飞扬的陈天已经不见了。

83

　　阿赵说去后海边的"孔乙己"吃饭，老大说好，好。他们都喜欢那儿的五年花雕和雪菜黄鱼。开始也就七八个人，后来人越来越多，从大厅换到包间，包间坐不下了又换到大厅，来回折腾了几回才算坐定，林木已经饿得吃了两盘茴香豆。那天去了不下二十人，后来全喝多了。

　　酒的事儿我向来不掺和，酒量不行，啤酒和黄酒同时招呼的狗子已经跟众人战了一圈，不知怎么看中了我，非拉着划拳，我说我真的不会，大家都可以做证，他说没关系没关系，"剪刀石头布"总会吧，我只好跟他"剪刀石头布"。结果，出手不凡，连赢三把。三杯黄酒下肚狗子站了起来，拉开架势，挥了挥大长胳膊，差点把旁边阿赵的眼镜打掉。再战，还是我赢，狗子奇怪地抓头，直往自己的手上吐唾沫，我则兴奋起来，跃跃欲试、口出狂言、招猫逗狗，引来一帮人不服气，都亮出手来跟我"剪刀石头布"。十五把我赢了十一把，还是我厉害，不过四杯热腾腾的黄酒一下子倒进肚子里，我顿时晕了。

　　后来发生的事次序记不清了，好像是一群年轻女作家有北方的、有南方的，有丑女作家、有美女作家，要求在座的男人把上衣全部脱掉，有不少人都脱了，徐晨死活不肯，说才不让这些女人占便宜，除非她们脱他才脱。林木肯定没脱，因为他当时坐在我旁边，我把他拉过来当枕头睡觉来着。后来不知是谁把邻桌放在一边的生日蛋糕给打开吃了，问是谁先吃的，谁也不承认，还都往嘴里送奶油，两桌人吵了起来。这边正乱，老大抱了饭馆门口供的鲁迅半身像跳起舞来，再后来老大上一个片子的制片人大勇跟阿赵闹了起来，阿赵"臭蟑螂""死耗子"地乱骂一气，便开始摔杯子、摔瓶子，推推搡搡，一片混乱，嘴头上斗不过阿赵的大勇从老大怀里劈手夺过鲁迅像向阿赵扔去，没有砸中，鲁迅掉在地上碎成两半，狗子则站上桌子开始大声朗诵"假如生活欺骗了你"，几个姑娘为他鼓掌叫好，后来有人打了110，肯定是饭馆的那帮孙子，后来地安门派出所的警察来了，其中有个帅小伙，简直是偶像剧里的警察，再后来老林把我和另外两个姑娘塞进一个人的车里，那人我不认识，不过他把我送回了家。

后半夜我的酒就醒了，打电话给林木问怎么了？他正在东直门吃夜宵呢。他说他们都被警车拉到了派出所，警察问大勇为什么要砸鲁迅像，大勇惊讶地说："原来是鲁迅啊，我还以为是孔乙己呢！要知道是鲁迅肯定不会砸！"

最神的是张生，这个据说读书破万卷的文学编辑，说话细声细气，戴个小眼镜，头发贴在脑袋上老像半年没洗似的，席间他只跟我说过一句话——"厕所在哪儿？"我说走旁边的门右拐走到头，他笑眯眯地说："我不相信你，因为你看起来像个兔子。"

什么意思？

等警察录完张生的口供他已经完全清醒了，抹了抹眼镜批评起警察来，说这笔录错别字也太多了，语法也有问题，交上去能通过吗？警察倒没生气，接受他的意见重写了一份。

84

老大、老林和徐晨三个人接了一部警匪题材的系列剧，制片方肯定是不了解他们，把他们安排在了市中心的一家宾馆集中写作。就是把他们关在山里他们也能找着玩的地方，何况是市中心，那家宾馆成了众人的聚会场所，熙熙攘攘，迎来送往，四个多星期，林木写了一集，老大半集，徐晨快，是两集。制片人基本上已经被他们逼疯。那阵子我整天浑浑噩噩，害怕一个人待着，也跑到他们那儿去混。

一切关于生活、情感、梦想和准则的严肃话题，谈到最后只可能导致悲观、伤感，甚至绝望。我们横七竖八地倒在金桥饭店的房间里，唉声叹气。

"谁今天开始谈人生的，真操蛋！"老大翻了个身，屁股对着大家。

"他。"我一指徐晨。

"讨人嫌。"老林说。

"还不是你们勾着我说的，自己点的火烧着了自己怪谁？"

"怪你，怪你，就怪你！"老大蹿起来吼道。

"老大最近有点儿不正常？"我小声问林木。

"不正常有一阵子了。"

我点了点头。

一个郁闷的人去找其他郁闷的人，最后的结果只能是有了更多的郁闷，夹在他们的郁闷里，我的反而不能表露了。

晚上十一点，我们从床上爬起来，打电话叫人去了 CD 酒吧。真够无聊，两个男人在为什么事争吵，另外几个围着一个叫路路的女演员猛说肉麻话，刘元的乐队在现场表演，一杯 Gin 酒下肚我已经醉了。我听见那两个争吵的人话里话外提到了一个词——"嫉妒"。嫉妒？这对我倒不是什么重要的感情，我难过是因为陈天不在我身边，而不是因为他在另一个女人身边。这有差别的。

"喂，喂，爱一个人，但是又不嫉妒，这说明什么？"我拉了拉正在向姑娘献殷勤的徐晨。

"说明你根本不爱他。"

"胡说八道！"

徐晨回了头不再理我。

我不爱他吗？真希望如此。使劲想想，他在和别的女人卿卿我我；他用看着你的那种目光注视着别人；他的手握着的不是你的手；"乖孩子""小冤家"，他对谁都是如此称呼！难受了吗？还不难受吗？

十二点十五分，我冲到柜台前，拨了陈天的电话。音乐震耳欲聋，我试图压过它，对着话筒大声地喊叫着："我要见你！"

"来吧。"电话那一头，一片沉静，他的声音里也一片沉静。

二十分钟以后，我才得以离开 CD。

"看见你就好了，看见你一切就都好了！"我抓住他，向他笑着。

"喝多了？"

"没有。"

"还说没有，看脸红的。"

"我喝一口也这么红。"

"以后别这样了，这么晚打电话，还在电话里喊，万一我这儿有人呢？"他平淡地说，我愣了。

他在说我，他语气淡淡的，但他在责备我，责备我的不懂事。我这个不懂事的人成千上万次地想这么干，也只任性了这一次。我这个万般克制的人居然也会不懂事！别这样，你眼神里的一点犹疑就会将我击垮，一点不耐烦、一点冷淡就能让我化为灰烬。你要把我的自尊心撕成碎片吗？你不会这样的，你是温柔的爱人，最善解人意的好人儿，你不懂吗？如果你不懂，你就是不想懂，你就是不再爱我了。

"别吓我，我后背直发凉。"

他在说什么？我干了什么？

"我只是想看见你。"

"我知道，后院也着火，前院也着火，我不能只是谈情说爱。"

我愣愣地坐在那儿，傻了一般。

他抓了我手放在他脸上，说："真烫。"

我也只得笑了，慌里慌张地。

85

忧伤，很多的忧伤，我无法扫除他留在我心里的忧伤，它环绕着我，挥之不去。昨夜我便在这巨大的忧伤中睡去，几次恨不得爬起来给他打电话，但是终于还是睡着了。早晨起来后镜子里的那张脸，因夜里的忧伤腐蚀了睡眠而形容憔悴，惨不忍睹的那张脸啊！

我如约去见林木，林木也这么问我："你为什么这么忧伤？"

为什么呢？

许多事都是忧伤的。

爱情，你忍不住要伸了手去握紧它，可握住的时候已经碎在手里了。

——如果他不再爱我，我便会从他面前消失。

86

"爱，那是要命的事儿，我已经太老了，不适合制造丑闻了。"

以前他肯定会把这种话当成一句玩笑来说，但现在他愁眉苦脸，把这当成了一句正经话，我为他的神情，而不是他的话难受。

"这就是你不能成为更杰出作家的原因。"

他的脸上掠过一丝不快，但我决定不理他继续说："赛林格八十岁了，还在不懈地制造丑闻呢，你应该有生命不息、丑闻不止的精神，因为你就是这样的人，你不能为此感到羞耻。模棱两可、面面俱到只能伤害你，消耗你的才能！"

"你是个小疯子。"他脸上终于有了点笑意。

"不是。"我泄气地说，"我比你更害怕丑闻，我太希望得体了，得体就不可能杰出，这是我的问题。"

"我们还有别的事要做。"

他若有所思地看着远处，脸上再找不到我热爱的那种神情。

我们沉默地吃着东西，我惊讶地发现，我为他感到难过，竟然甚于为自己的难过。

"我说过了，无论发生什么我都不会责怪你。"我把手放在他的手上，然后拿开了。

"一张失去勇气的脸真丑。"——我在那天的记事簿上写下这句话。

我认为自己也十分可笑，责备一个具有现实感的人胆怯，缺乏制造丑闻的勇气，又希望另一个不懈制造丑闻的人成熟稳重起来。向不可能的人要求不可能的东西，却不去享用可能的人提供的可能的东西。一个以悖论为基础的人生，怎么能不可笑呢？

完美的爱人。他几乎具备了我要的一切，只缺少接受毁灭的激情，谁能有这样的激情？

那些软弱的男人，对世界无能为力的男人，他们孤芳自赏，洁身自好，想独自开放，你可能对他们深怀好感，却产生不了激情，他们太弱了，而弱便会轻易地屈从于更强的意志，有了这种屈从，撞击的时候便不会有绚烂的花朵开放。而那些强有力的人，他们又常常缺少爱的神经，他们的心为别的东西跳动澎湃。我的完美爱人有着最脆弱和最强悍的心，没有脆弱，情感会粗糙无趣；而没有强悍，脆弱只是惹人厌烦的孩子把戏。

"真渴望被精美地爱。"我发出和顾城临死前一样的哀求。

"你是一个爱情鉴赏家，不是情种。"徐晨这么说我。

如果情种是生冷不忌的食客，什么都称赞好吃，那么我的确不是，我无法像徐晨那样，对随便一点什么可爱的品质都动心，是出于傲慢吧，我知道傲慢在上帝的戒条里是足以下地狱的罪恶，可没有这一点傲慢我们怎么去对抗这个卑贱乏味的人生？

必须承认，在我试图分辨自己的情感，写下这个故事的时候，发现我和徐晨之间有着惊人的相似之处。不同之处只在于，我没有制造幻觉的天赋，不能为自己臆造一个爱人，也不能像收集邮票一般收集美感。但我要求的难道不是和他相同的东西吗？不都是一个现实的奇迹的吗？为什么我们彼此之间永不能相容？我想起阿捷赫公主的格言集——"两个'是'之间的差别也许大于'是'与'非'之间的差别。"

87

2月14日，圣瓦伦丁节。

我不期待什么情人节，一切世俗的节日都是作为一个情人最难受的日子。我在无数小说中看到过这样的描写，不必多说。那天我一起床就拿了家里所有的钱去"赛特"买衣服，满街卖玫瑰花的孩子和挽着手的情侣看着让人心烦。我在赛特楼里一个店一个店地穿来穿去，细细挑选，不厌其烦地试来试去，不放过任何一件可能适合我的衣服。从下午一直逛到天黑，二层、三层已经没什么可看，连男装我也转了个遍，只好下到了一层。

一层是化妆品柜台，各种香水混合在一起的气味让人眩晕，我来回走了两圈没什么可买，便决定做个市场调查，看看每种品牌新春都推出了什么货品。就在这时，我看到了徐晨，他站在收款台边，正往钱包里塞找回的零钱，胳膊上还挂着几个粉粉嫩嫩的口袋，看起来十分可笑。

"徐晨。"我看了看他后面和四周，并没有什么漂亮女孩跟着，"你一个人？"

"对呀。"

"在干吗？"

"嗨，买情人节的礼物呗。"

"这么多？"

"嗨，人多呗。最倒霉的是我得一个一个地给她们送去，她们都揪着我共度良宵，我都不知道该怎么办。"

"你买了些什么？"

"嗨，香水、护肤品呗。"他每一句话前面都加了一个"嗨"，以表达他的无奈。

"什么样的男人会给女孩买护肤品作礼物？我从未遇到过。"

"嗨，我呀！"

"那你记得住每个女孩都是什么肤质吗？她们是偏油，还是偏干？"

"那我哪记得住？我只能记住哪种更贵，有的女孩讲究，你就给她贵点儿的东西。"

"那你快买吧，要帮忙吗？"

"不用。你一个人——在买衣服？"他看看我满手的购物袋。

他目光如炬地打量我，一个人的情人节？

"跟你一样，买礼物。"我说。

"好，那我们各忙各的吧。"

"好。Byebye。"

我走开了，看看表已经七点了，去地下的快餐店吃个汉堡吧。我一脚已经迈上了电梯，徐晨又赶了过来，把一个蓝金相间的口袋塞在我手里："这个给你。"

"嗨，真的没必要！留着——"

"以前没钱，没买过什么好东西给你。"他说，嬉皮笑脸十分真挚。

别这样，我现在很脆弱，我受不了，在我发呆的时候，他说了句"情人节快乐"便转身跑了。

那是一瓶 CD 的"毒药"，因为陈天，我已习惯于不用香水，何况这么浓烈的"毒药"？可惜了他的好心。

88

　　我度过了一个等待的夜晚，独自一人，穿件白色的麻布衬衫，非常正式，是出席晚宴的服装，在夜色里、晚风中，我知道我的脸光洁明亮，准备着微笑，我把晚饭当成一个仪式来吃。

　　等一个人的感觉是这样的，胃在那儿隐隐地疼，手和脚都麻酥酥的，我强迫自己把东西吃下去，香米饭、南乳藕片、西洋菜煲生鱼，我努力地吃着。九点以前不抱什么希望是容易过的，从九点到十点，我准备把它分成四个阶段，一个阶段一个阶段地来等，他说他的饭局有个九十岁的老太太，老太太可坚持不了那么久，应该可以在十点以前结束的。要是他来不了呢？我该怎么办？我应该做出很懂事的样子对他说没关系吗？还是强迫他一定要来，哪怕只是看他一眼。他以前常常为了看我一眼开车跑很远的路，如果他不来，就是说他不再像以前一样爱我了。第一个一刻钟过去了，饭馆的电视里是读书节目，虽然声音开得很小，但是有字幕，远远地也能看。我已经喝掉了大半罐汤，旁边桌那个说没有野心就成不了大事的妇女已经走了，连后来来的老外也已经吃完了。十点钟饭馆会关门，如果他还不来电话，我该到哪儿去等？第二个一刻钟也过去了。"你还爱我吗？"我想这样问他，我从未这样问过任何人，我总是不肯直截了当，也许是我的问题。九点四十分，电话响了。他的声音听起来模糊而遥远。

　　"刚刚完，我不过去了。"

　　"怎么了？"

　　"时间也差不多了，我该回去了。"

我没出声，不知该说什么。

"本来就感冒，饭馆的空调又坏了，冷得要命。"

"不舒服就回去吧。"

"太没精神了，我想精力充沛的时候跟你在一起。"

"你在哪儿？"

"在路上，百万庄附近。"

"噢，那边。"

"行吗？"

"问我？"

"是，问你让不让。"

"我只是想看看你。"

"明天不就看见了。"

"嗯。要是病了就回去吧。"

"你呢？还在吃饭？"

"嗯，在等你啊。"

"这么说？你越学越坏。"

"我说的是实话。"

"嗯，明天好吗？"

"好，回去吧。"

我没有办法，我已经尽了最大的努力，就算我今天的爱情运很好，我穿了我的幸运颜色，我像个迷信的傻瓜一样用各种方法占卜，我按纸牌上说的主动给他打了电话，我强迫自己直接说了我想见他，我打扮得无懈可击，至少换了五身衣服，我耐心至极地等了一个晚上。我感觉到自己在伤心，我很怕那种伤心不断地加剧，再加剧，会很疼的，我知道，会哭，会把我打倒，不至于到这个程度吧，你是个铁石心肠的摩羯。

明天我们会见面，在公司开会，我能看见他，但只是远远地，我们已经变得遥不可及。

电话又响了，我以为是他改变主意，掉头来看我。

当然不是。

是约写剧本的电话，这个电话救了我，把我的身份还原到了现实，我努力让我的脑袋运动起来，回答对方提出的种种问题，向对方提出种种问题，电话一打就是二十分钟，这二十分钟里我尽量地说话，非常热情，我感到血在一点点流回心脏，伤心不再加剧了，痛楚带来的颤抖慢慢平息下去，好，就这样，就这样……

我又坐了一会儿，到服务员开始扫地的时候，结账走了。我想我们之间的默契也许消失了，或者该说总是能碰到一起的好运气不再有了，这种默契曾使我们相爱，当它离去我们也注定分离。

89

陈天该是厌烦了，他对爱情这码事简直厌烦了，他觉得自己一辈子在女人中间纠缠，快五十岁还不能脱身，真是堵死了。眼看着一个个可爱的小姑娘最后都拿了一张凄楚的脸对着他，他受够了，他要选择一种最简单、最自在的方式把这一切了结。知道他当初为什么不肯和那女孩上床，他知道这个结局，他经历过无数次了，好好的一个女孩，安静温顺的小脸，忽然间目光疯狂，几乎在一瞬间就变成了怨妇，他不愿意看见这个，但每一次他都看见这个，他真的厌烦了。他也不是没想过是自己的问题，他也做了努力，但依然如此。他知道自己的宿命，最终他会离开她们每一个人，但他会记得她们，每个人都是他相册的一张照片，供寂寞的夜晚拿出来翻看的，当然有的照片看得多，有的照片看得少，但这只有他知道，或者时间久了，他也记不清他更喜欢哪一个了。这一次的这个女孩子，他记住她只是因为她的任性，从来没有人反抗过他，只有她一直不肯对他认输，她爱他的，他知道，但她还试图保持尊严。她不懂，爱是容不下尊严的。所以，他不要爱情了，他老了，他只想保持尊严。

他要不是太爱自己，他的爱情几乎是完美的，但是总有这样或那样的原因使爱情不可能完美，我也不具有这样的素质，所以我不责怪他。这两个理智、具有常识的人，这两个世故的人，也许注定彼此失去。

真渴望被精美地爱，精美不是全心全意就能有的，言谈举止、一颦一笑间微妙的动人之处是天赋，陈天有这种天赋，但如果他要浪费自己的天赋，你只能让他浪费，毕竟那是他自己的东西。或者，他早就对这个天赋感到厌烦了。

90

我知道我的智力有限，没有能力理解艰深枯燥的东西，但是真理都是枯燥的，所以我没有能力去接近真理。我只能满足于看看叔本华的幸福论，被他称为形而下智慧的东西。

"我们的现实生活在没有情欲的驱动时会变得无聊和乏味，一旦受到情欲的驱动，很快就会变得痛苦不堪。"

果然。

"只有那些精神禀赋超常的人才是幸运的，他们的智力超过了意欲所需要的程度……只有具备了充裕有余的能力，才能有资格从事不服务于意欲的纯粹精神上的活动。"

我不行。

"这些先生们在年轻的时候，肌肉能力和生殖能力都旺盛十足。但随着岁月的流逝，只有精神能力能保留下来。如果我们的精神能力本身就有多欠缺，或者，我们的精神能力没有得到应有的锻炼，又或者，我们欠缺能发挥精神能力的素材，那我们将遭遇到的悲惨情形就着实令人同情。"

令人同情。

这就是从"果然"到"令人同情"的三段论。

不过老叔本华也一样令人同情，他没有因为他超凡的精神能力从人世间得到任何好处。到了晚年，著作还只能靠人情印到七百五十本，而且不给稿费。

"虽然我的哲学并没有给我带来具体的好处，但它却使我避免了许多损失。"

他在书里自我安慰。

我也自我安慰——有总比没有强，有一点总比一点也没有强，有一点是一点。

"人生就是这样。"贝克特剧本里的流浪汉爱斯特拉冈如是说。

91

据我妈说，我小时候任性得惊人。两岁半时，像当时所有父母全天工作，又无爷爷奶奶照顾的孩子一样，我被送去幼儿园全托。对此我的态度也很明确——坚决不去！到了星期一该去幼儿园的时候，我一醒就开始大哭，可不是假模假式的干号，而是声泪俱下，且耐力惊人，哭得那个惨啊！那时候我们住在筒子楼里，星期一一大早，我妈抱着号啕的我穿过走廊，沿途所过之处，所有大人、孩子都从屋里出来张望，齐劝我妈："别送她去了，太惨了！"说得我妈眼泪也要下来了，可不送去谁带着呀，于是还是狠着心肠去。每次去，都要先送点礼物，东西当然都是小东西，小线轴啊，铅笔啊，可也是孩子爱的，但我拒不接受这些贿赂，因为接受了就表示妥协，可心里的确是爱着的呀，于是就哭得更凶。我妈说每次送我去幼儿园都要花整个上午，带我吃点心，去菜市场看鸭子，最后抱着我向幼儿园所在的胡同走去。当然，我一发现周围的景物熟悉，明白这条路的必然终点还是大哭，所以每次要换着不同的路线走。据说曾经有一次我表现得很乖，不哭不闹，快走到那恐怖之地的大门时，我忽然要求下来自己走，我妈很是欣喜，以为我终于认了命，谁知刚把我放在地上，我回身扭头就跑，不顾一切地迈着两条小腿逃跑！多惨啊！

为什么不愿意去幼儿园我已经忘了，反正是不愿意。被强行放到幼儿园以后，我谁也不理，整日抱着自己的小枕头在院当中站着，到了晚上，又是整夜地哭，闹得所有的老师、孩子都别想睡觉，威胁恐吓和好言相劝一概无效。如此闹了三个星期，我被幼儿园开除了。据说我是有史以来第一个被这个叫艺大幼儿园的文化部幼儿园开除的孩子，不管父母怎么恳求保证，他们坚决不要了！

我成功了，回到了父母的身边。但我的嗓子彻底哭坏了，直到现在还是一副哑嗓，外带慢性咽炎。

我小时候是大院里著名的健康宝宝，又白又胖，两个脸蛋永远赛着小苹果似的圆，人送外号"瓷娃娃"。再看看我现在，瘦得一阵风就能吹走，为什么？两岁起身心就受到这么大的创伤，长大以后的情况可想而知，在与生活中一件又一件不如意进行坚持不懈的斗争中，我从一个白胖宝宝一点一点地憔悴了下去。

有时候我妈还会说：小时候脾气可真坏，幸好长大变了。变了吗？我可不这么想，人说三岁看老，我的脾气依然很坏，依然任性得惊人，对于我认定的事情依然是撞了南墙也不回头，把南墙撞倒也不回头，倒要看看我和南墙谁更硬，生命不息，撞墙不止，撞死了算！

92

开广告公司的同学在北影的摄影棚拍广告，我去文学部交了剧本大纲出来，跑去逛荡了一圈。布光的时候，男演员和沙拉酱的英国代表在那儿用英语交谈，说起话来手舞足蹈，他个头本来就大，站在场地中间格外引人注目。他们叫他关键，说拍过什么什么电视连续剧，我很少看电视也就无从知晓。

后来大家一起去吃夜宵，他坐到了我的旁边。

看得出，他的过分多话是想引起我的注意，他的故事要不是那么冗长的话本来已经做到了。但他表达能力不强，不知道在什么地方该多说，什么地方该少说，在起承转合的地方也控制失当，我出于礼貌勉强没有打哈欠，不过他的目的还是达到了，我们算是熟悉了起来。

那以后的周末他打了多次电话请我出去喝咖啡，我都拒绝了。

那阵子我心灰意冷，对男人缺乏兴趣，一个给我无关感觉的男人就更不必说。但我是个有教养的、虚伪的知识分子，我的拒绝说得婉转动听。我不知道是不是这个使他一直不肯放弃，我们从一开始就缺乏了解。

关键是我见过的最能在电话里闲扯的人，电话打上两三个小时算是稀松平常，我想这是长期住剧组养成的习惯。和他在一起的那段时间，我总是听电话听得耳朵生疼，对付无聊他是挺有一手，我甚至怀疑他是否会感到乏味无聊。说起来他倒是个有生活热情的人，做的意大利肉酱面和中国醋熘白菜一样美味可口，杂乱无章的教育和经历使他保持着起床必喝蒸馏咖啡和每餐必吃大蒜的毫不搭界的习惯，用中文表达的时候错误百出，英语则说得十分流利（他去了美国五年，想跻身好莱坞，结果可想而知）。他是个山东大汉，长得又高又壮，按通常标准是个漂亮小伙子，只是那是种与我无关的漂亮，总的来说，他整个人都与我很不搭调，我也从没把和他的事当真。

他为何迷恋上我，有一阵子颇令我费解，他以前交往的姑娘都是年轻的女演员，他热情的天性倒很能讨她们的欢心。后来，我把他对我的热情归结为我对他刻意拉开距离而造成的反作用，在我们交往的时间里我对他一直是个难以捉摸的人，我从未让他在我们的关系中做过主。说到底不过是种征服欲，因为他野性实足，这欲望也就格外无法控制。

说起来关键天性善良，对别人也很宽厚大方，他是个凭本能生活的人，恶与善的界限就变得十分模糊。他时常做出一副有教养的样子，但那只是个假招子。如果他对你好，你倒是可以相信那完全出于真心，而不是礼貌和教养，他不懂那一套。这就是他最初令我感到有趣的地方——他是一个穿着西装的野人。

他有许多我闻所未闻的传奇经历，坐过两次牢，一次越狱成功，倒过汽车，偷过古画，甚至在国外抢过东西，他的犯罪经历是一种生存的本能，没有任何道德界限会使他畏首畏尾。关键运气奇佳，他的犯罪经历并没把他送进过牢房，他坐牢都是为讨女人欢心而惹下的麻烦。他对待女人总是十分痴情，但凭我自己的经验，他对女人的好，有股独断专行的味道，不是女人喜欢的方式。总的来说，他不懂得女人，也不关心她们到底想什么，到底要什么，就是说他要为一切做主。

"你是个肤浅的人。"我曾经当面这么告诉过他，他当时只是笑。我不知道他是真的不在意，还是在掩饰尴尬，不在意也是很有可能的，他这个人盲目自信，而且那时我既然已经和他上了床，他可能认为不必为这种话费神。

但这对我可不一样——我可以和一个肤浅的人上床，却不能忍受他表现肤浅。他在众人面前每说出一句蠢话，我便马上无地自容，远远地躲到一边假装根本不认识他。因此我们少有的几次出行，总是闹得不欢而散。

我不准备再这样胡闹下去，要求和他分手。

他本该是我生活里被一带而过的男人，因为无法忍受这种侮辱，他不惜一切代价，使尽一切手段要给我留下深刻的印象，他还真的做到了——在我说要分手的时候，他雇了人要来砍掉我的一只手。因为我跟他说，我现在只想用双手写作，不想和男人来往。

那天上午，一个陌生男人打来电话，说他接了一笔钱要来向我讨一笔债。我马上听出了那男人的山东口音，对关键竟会做出如此无聊的事难以置信。

"这是我俩之间的事，你告诉关键我没有做过任何可指摘的事，他困难的时候我帮过他，他没钱的时候借他钱！他没有任何权利如此对待我！"

那陌生男人听起来不善言辞，一时不知该如何应答："关键，我不认识什么关键，我只认钱。"

"你不认识，你不是山东人吗？"

男人喃喃着，不知该答是，还是不是。

后来，关键的朋友向我证实那是一个打自山东的长途电话，他确实请了人。如果他想找一个为了几千块可以剁掉人手的人他是容易找到的。据说我的义正词严，让那家伙打了退堂鼓。

三天后，因为我居然对恐吓电话置之不理，不肯向他求饶。关键在酒后砸了广告公司的一间办公室，以此迫使他的朋友不得不打电话把我叫去。

一幕丑剧，丢人现眼，无地自容，让我深深感到做人的失败。如果可以永远不见他，我情愿少活几年。老大不小了，真该好好检点自己的行为，否则不想见的人越来越多，为此每人减掉我几年寿命，我只好年纪轻轻就完蛋了。

93

俗话总是对的，俗话说，"好事不出门，坏事传千里"。果然。我一看见徐晨晃着他的大脑袋，笑眯眯地冲我走过来就知道完了。

"丑闻啊，丑闻！"他在我耳边悄悄说。

"别烦我。"

我热情地和一娱记打着招呼走开了。没过一会儿，徐晨又绕到了我旁边，嬉皮笑脸地看着我，让我对戏剧现象的评述就此打住。

"你到底想说什么？"

"丢人！"他一言以蔽之，"找的什么衰人啊。四流男演员，档次太低。"

"至少也是三流！"

"反正丢人。"

"只许你丢人，我怎么就不能偶尔丢丢人呢？"

"你也承认丢人了？"

我眼珠朝天，不承认也不行啊。

"以后别干这种事，我是说真的。"

"喂，我也有正当的性要求。"

"当然，但是你是女的，在男女关系中始终还是弱者。"

我现在不打算和他讨论这个。

"真的，不安全。"他恳切地说，"如果你真的需要，可以告诉我，看在咱们多年友情的分儿上，我还真愿意帮这个忙。"

"多谢你了。"

"不客气，英语说：'You're welcome.'"

"见你的鬼吧。"

"英语说:'Go to hell.'"他用快乐的调子在我背后大声说。

可以跟你上床的人有很多,可以跟你交谈的人很少,而既能上床,又能交谈的人就少之又少了。

94

Eurythmics，韵律操，他们是20世纪80年代初英国最棒的电子合成器流行乐组合。主唱女歌手 Annie Lenox 编写演唱了《惊情四百年》的主题曲，尽诉 Dracula 伯爵寻觅爱妻四百年的《吸血鬼恋曲》（*Love Song for A Vampire*）。

O loneliness, O hopelessness
To search the end of time
For there is in all the world
No greater love than mine

孤寂，绝望，寻觅到时间的尽头，这世上没有什么能够超越我的爱。

95

　　已经六个月了，陈天没有再打过电话，我也没有。他没对我说过什么，我也没有。发生了什么事？没有，还是没有。

　　有一次，陈天谈剧本的时候跟我说："我想你也同意，爱情是一种折磨。"

　　我自然同意。

　　"得看到这种折磨在这个人身上的分量。"

　　公司的老黄一直坐在对面，面带笑意，不时抬头看看我们。老黄走出去的时候，陈天的手指划过我的手背。是的，爱情是一种折磨。

　　我越来越感到陈天离我的生活十分遥远，我开始倾向于把他对我的感情理解为对年轻女孩的一时迷恋，而我呢，不过是被一个老男人的迷恋弄昏了头，我们都不过是在伸出舌头舔食自己酿造的糖浆。我想我会忘记他的，现在不行，以后也许会。

96

　　徐晨常常说爱情是一种幻觉，他以一个情种三十年来的体会向我保证。但是我私下觉得这是一句废话，什么不是幻觉呢？对我来说都是，但我真心地看重这些幻觉。徐晨不是这样，他想确定人生的真相，他对与真理无关的东西不屑一顾，他曾经真心地以为情感就是那个终极的真相，所以才会有幻觉的说法。

　　"就算是吧，我只是满足于一个幻象，但我可以用现实的、可行的手段修补这个幻象，用适当的温度、湿度，使幻象保持得长久一点。也不需要太长，就保存五十年吧，对我已经足够，因为我认为你所说的真相并不存在。"

　　"五十年？你倒不含糊，开口就是五十年！"

　　"五十年算什么？五十年对宇宙来说算是什么？一瞬间，连一瞬间都谈不上！"

　　窗外的风让街边的杨树"哗哗"舞动，"哗哗"是我想象的声音，隔着茶馆的窗户，什么也听不见。

　　"任性不是好性情。"我转着茶杯自言自语。

　　"可能，对自己不好，任性需要勇气和力量。女人的任性通常都是撒娇，不过是装装样子……"

　　"我不是。"

　　"你不是。"

　　"任性肯定不是女人的美德。"

　　"不是。"

　　我点了点头："明白了。"

"你要是不任性，我们当年就会和好。"

"然后还是会分手，因为一次一次的失败变得可怜巴巴。"

"可能。"

"我们就不会像现在这样坐在这儿聊天了。"

"多半是。"

"那我还是任性吧。"

"我不反对。"

"对，我宁愿这样。"

"是，也很不错。"他说，"昨天夜里我去打篮球，坐在球场上看那些杨树真是好看，细细的树干顶着抖动的树冠，摇摆起来毫不枯燥，你可以一直盯着它看。但实际上这些树跟你有什么关系？毫无关系，它们只是树，只是跟石头不同而已。再说人，人难道不奇怪吗？两条分叉的腿，长长圆圆地凑在一起，上面还要套几块布，要多难看有多难看，可是你一旦用手抚摩她，你对她有了感情就不一样了。我们跟这个世界没有任何关系，唯一可能的联系就是情感，我们是通过情感跟这个世界有关的。"

"是。"

徐晨说送我回家，我说好，一堆购物袋堆在了他的后座上。二环路上他左突右冲不放过每一个超车的机会，他总是这么开车。

他嘻嘻地笑着，说："我看一般人都知道自己毫无价值，没什么可坚持的，而且还知道自己受不了艰辛磨难，就都奔着投机取巧去了，大家不约而同地在投机取巧的路上相遇，所以这条路特别挤。"

"我们也一样。"

"不一样。"他断然地说。

他对自己总是如此有信心，我可不。

车路过工体路口，我看见了永和大王。

"我饿了，你饿不饿？吃点东西。"

他说好，掉了头回来，停在永和大王门口。

我要了一份馄饨和一份烧卖，他只要了一碗豆浆，看来是不饿，只是陪我。

付了账，一会儿东西就都上来了，我刚吃到第二个烧卖，徐晨的女朋友小嘉伙同一女伴走了进来，当然是一眼就看见了坐在门口的徐晨和我，向我们毫不客气地瞪着一双本来就大的圆眼睛。我以前在饭局上见过小嘉两次，对她那双特大的圆眼睛有些印象，幸亏这双眼睛，不然以我的记忆力肯定不知道她是谁。我向她礼貌地点了点头，徐晨也向她点了点头，说了句："来了。"丝毫没有邀请她们一起就座的意思，我想起徐晨说过正和她分手，也没吭气。

那两女孩挑了离我们很远的位置就座，我继续吃我的烧卖，可筷子刚夹起第三个，小嘉已经站在了徐晨身后，说了句："你出来一下，我有事跟你说。"这话是对徐晨说的，徐晨什么也没拿，手机留在桌上，起身跟着出去了，我低着头，看都不看他们。

馄饨已经见了底，烧卖也都报销了，和小嘉一起来的女孩一直低头吃东西，看来对此是司空见惯。徐晨和小嘉站在门口的街沿上说着话没有回来的意思，至于各自的表情就看不清了。这是哪儿跟哪儿啊！要是我跟陈天让人撞上也就算了，我可没心情跟你们搅和。我招呼服务员，让她看着徐晨的手机和包，起身走了出去。

"徐晨，我先走了，我要拿一下东西。"我指指停在几米远的白捷达。

徐晨答应着去车边开门，边帮我拿那些纸袋边说："她先发现了车，以为我跟你出去买东西了。"

我没吭声，接了纸袋提着。

"那你先打车回去吧。"

"当然。"

小嘉还站在过街通道边，我提着大包小包必定要经过她面前，算了，谁让我大呢，大方点吧。

"小嘉，我和徐晨没什么，今天我是出去逛街了。"

小嘉看都没看我，直冲着我身后的徐晨叫嚷起来："真奇怪！你跟人家说什么呀？！你这人真奇了！"

我一定是一脸错愕，再听不清他们叫嚷什么，飞快地蹿上一辆出租车逃之夭夭。

"丢人现眼"——只要你跟徐晨在一起，就容易遇上这个词。我也是活该！他倒是一脸的镇静，怕是这种场面见多了，他不再是那个怕羞的男孩了，生活会把每个人磨炼成一副厚脸皮，他也不能幸免。

第二天下午，我打电话给徐晨。

"我给你惹麻烦了？"我问他。

"没有，你走了以后，我也走了，她爱闹闹去吧，夜里她发了 E-mail 来道歉，我不理她。不是第一次了。"

好，没事儿是吧，我可憋不住了，大叫了一声："丢人现眼！"

他倒没反驳，在电话里笑了起来。

"喂，你什么时候能离这个词远点？！"

"她要闹我有什么办法？"

　　"她为什么会闹？真是不理解。这不是自取其辱嘛！我一辈子也干不出这种事来，起码得保持点尊严吧？"

　　"我还告诉你，现在的小孩就这样！她们脑子里就没有你的这些观念，她们都是独生子女，她们对别人的想法根本没概念，根本不在意，她们真正是直接的、自我的，想怎么就怎么，我觉得比咱们活得幸福。"

　　"我可真老了。"

　　"可不。"他停了停又说，"我们都老了。"

97

　　秋天，白土珊在法国结了婚。

　　她回来看儿子，我和爱眉去她家看她，进了门我就说："恭喜恭喜。"

　　她向我连连摆手，我虽不明所以还是马上住了口。土珊的小儿子站在门厅里看着我们，土珊一脸的笑招呼他叫阿姨，他叫了，但神情淡然，一副事不关己的样子，土珊的妈妈从厨房出来，便轮到我们齐声喊"阿姨"。

　　土珊把我们让进她的屋里，关了门，我才问："怎么了？"

　　"我妈不知道我结婚，我跟她说我只是和钱拉同居，她不愿意我再跟外国人结婚。"

　　"那同居呢？同居可以？"

　　"对。"

　　"你妈也够神的。"

　　说说白土珊的婚姻。

　　土珊在法国的签证即将到期，她留在法国的唯一办法就是结婚，这对她并非难事，难的是选择谁。在这个问题上她犹豫了好一阵子，甚至打长途让爱眉帮忙参谋，对于一个亚裔，要结婚，外加身无分文的女子当然没有什么十全十美的人选，最终她嫁给了这个叫作钱拉·菲力普的六十岁的老帅哥。

　　钱拉·菲力普的确是个老帅哥，有照片为证，花白头发，身材匀称，举止优雅，老是老，老得可不难看。老帅哥是个大提琴手，没什么名，但也拉了一辈子，你可能以为土珊嫁给他是因为他有几个钱，不是，他有的不是几个钱，而是很多的债。土珊嫁给他是因为爱上了他，当然也是为了留在法国。这老哥凭他那点儿大提琴手艺原本可以混个中产阶级当当，却偏不老实，当了一辈子的花花公子，爱好开飞机，收藏古董提琴，狐朋狗友一大堆，没钱的时候就借高利贷，到和白土珊结婚的时候，除了债什么也没剩下。

"你不会是在公园里认识他的吧？"我想起土珊丢钱包的往事。

"不是。"

我点点头，有长进了。

"是在地铁里。"

也差不多。

"你跟我说说他们都怎么跟你搭讪的？"

土珊拉了拉她乌黑的长发，真是黑，一点也没染过，在法国这该是吸引人的异国情调吧。

"小姐，您真美！我们一起喝杯咖啡好吗？"她说。

我大笑起来，爱眉也笑。

"就这个？"

"对，他们都是这么开头的——'您真美'。"

"'您真美'？不比北京的小痞子强啊，在这儿，这种话只能招来一顿白眼儿。"

"法国人爱说甜言蜜语，不过听多了也都差不多，我回来这一个星期，钱拉每次打电话，最后一句都是：全身心地拥抱你！全身心地拥抱你的儿子和你的母亲！"

"他们倒真是平等博爱。"爱眉说，我已经笑得喘不上气来。

门"吱"地开了道缝，土珊的儿子站在门口，一脸严肃，毫无笑意，神情间居然带着一点不屑，绝不是你能在一个六岁孩子脸上看到的表情。我们一下子都止了笑，在那目光下竟有点不好意思。

"我们吵到你了，对不起，我们小点声。"土珊说，态度不像对儿子，倒像是对父亲。

儿子没出声，也没反应，转身走了，土珊连忙过去把门关紧。

"你儿子真酷。"我不由压低了声音。

"何止是酷！"爱眉像有一肚子不满，"你看见他那眼神了吗？他根本看不上他妈，连咱们也是一样。"

土珊只是笑。

"你儿子，绝对不是个凡人，咱们等着瞧！你见过那么世故的眼神吗？才六岁，把你们这些人都看透了！一钱不值。"

"咱们是一钱不值。"我说。

"不对！看站在谁的立场上，可他那么小怎么就站到对面的立场上去了？不是好的立场，是市侩立场！"

"哪有这么说人家儿子的。"

"你不知道，前两年她回来，正遇上我们同学聚会，也带他去了，他才几岁，四岁！吃完饭大家提议每人说几句话，祝生活好、工作好啊什么的，他也说了，你知道他说什么，他说：'祝你们大便好！'当时大家都不知道是该笑还是不笑，笑起来也尴尬，他懂得解构！你能相信吗？"

土珊说："他是跟我不一样。"

爱眉不依不饶："这说明个问题。这就是咱们下一辈的孩子，什么都不相信，多可怕！"

"你带他去法国吗？"

"对，可能要半年以后。"

"跟你一点不像。"爱眉再次强调。

"有这么种说法，母亲怀孕的时候下意识会决定孩子的个性，白土珊可能内心里觉得自己的人生应该修正，希望自己的孩子不要跟自己一样。"

"起码他从小就能自己照顾自己。"

"当然，何止是照顾自己，他必能成大事。"爱眉的同意里还带着不满。

我可以把土珊后来的故事先告诉你们。

半年后她把儿子带到了法国和老钱拉一起生活，据说老的和小的相处得不错，常常一起踢球。但后来土珊自己和老的处不来了，说从没见过这么软弱的男人，每天在浴盆里泡两个小时，脸上长个包都要唉声叹气好几天，那沉重的债务更是泰山压顶般让她无法负担，土珊曾想出去写书法挣钱，老钱拉觉得丢人。遇到问题的时候，浪漫和优雅都帮不上忙，按土珊后来的说法，老钱拉其实是个自私自利的浑蛋。

在法国待了四年之后，土珊转而对法国男人深恶痛绝，说他们平庸而且软弱，没有男子气概，缺乏激情。她甚至认为任何一个在法国的外国人都比法国男人强，她不顾一切地和老钱拉离了婚。

法国这个梦想的浪漫之地令她失望之后，土珊问大家哪里还可能有好男人。她认为一个赤道国家的部落酋长可能更适合她，爱眉建议她去南美试试。

土珊暂时还没有去南美，但我知道她不会停下她的脚步。她生下来就对舒适的生活和成功的人生不感兴趣，也毫不羡慕。土珊其实是我的一个理想，我渴望听到她的传奇，希望她的传奇有个奇迹般的结局，就算这奇迹只是世界随机变化中的偶然。

但那天，土珊还沉醉在和老钱拉的爱情中，给我们看他们在花园里相亲相爱的照片，以及老钱拉写给她的画满红心和丘比特的情书。

我忍了忍，还是决定问她："他，多大年纪？"

"五十九，马上就六十了。"

"这么大年纪，在床上还行吗？"

土珊肯定地点了点头。

"白种人嘛。"爱眉说。

"比好多中国小伙子还强呢！"

我没有这方面的经验，本人不喜欢外国人，不过白土珊的确是这么说的。

在我们讨论这么严肃问题的时候，我的手机响了，让我更不耐烦的是电话里嘈杂一片，那人只是"喂，喂"两声，却不说他是谁。

"请问哪一位？"

"是我。"

"谁？"

"真听不出了？"

"哪一位？"我最烦打电话的人不报姓名，我凭什么该记住你？你哪来的这种自信？反正我没这自信，无论给谁打电话都先报名姓，只除了一个人——我妈。

"我姓陈。"

"姓陈的多了。"

我都不敢相信，但我真的是这么说的！在我说这话的一瞬间我知道了他是谁——陈天。

"噢，你好！"

我向爱眉和土珊打了个手势，出了她家的房门，站在楼道里。

他在电话里笑："忘得真快。"

"我在朋友家聊天，信号不太好……"算了，何必解释呢，"有事吗？"

"没事儿，只是想给你打个电话。"

就这么简单？在半年杳无音信以后。

"噢。"

"你好吗？"

"挺好。"每次他问我好吗，我都是这么回答的，我还能怎么回答，说我不好，我要发疯了，我没有他活不下去？

我沉默着，他打来的电话，我不替他解除这种冷场。

楼道里有人走过，握着电话，握得手心出了汗，我一步一步地走下楼，走出楼门，外面是条热闹的小街，人声喧闹，不知该走向哪里。

"就是想给你打，就打了，我想我该跟你说，你肯定会想，什么人啊，好成那个样子，突然就没影了。你方便说话吗？"

"我出来了。"

"我想让你知道，这件事我只能让和我有相同承受能力的人来承担，不能让比较弱的一方遭受打击。"

别恭维我，我没有这个能力，这不是让我受苦的理由。

"对她我更多的是关爱，那么一个家庭，从小父母就离了婚……"

他选择了不用再解释的时候来解释。

"我想你。"他停了一会儿，又说，"你不信也没关系。"

我不是不信，只是你说得太轻易！这句"想你"在我嘴边打了千万次的转转，最后还只能咽回肚子里，它现在还在那儿疼着，腐蚀着我的肠子，腐蚀着我的胃，它是一块永远也消化不了的砖，见棱见角地硌在那儿，动不动都疼。"想你"，是如此简单就能吐出来的字吗？什么算"想你"？一次偶然的夜不能寐，还是无休无止、没日没夜的无望？一瞬间的怀念和永远的不能自拔，只是"想你"和"很想你"的差别，不说也罢。

"我总是想起那天，你站在早晨的阳光里，那么小，还有后来的你，那么安静的一张脸，内心怎么会那么动荡不安，你穿过的每一件衣服、调皮样子，所有的，从头到尾地想……"

为什么这么说？他不能不顾别人的感受，想来就来，想走就走，想怎么说就怎么说！他不能要求别人和他同步地收放自如，他如何能知道我不会再受一次打击？

"其实不见你，只是想你，也很好。"

"好，那就这样，我怎么好破坏你的乐趣呢。"我尽量说得像句玩笑。

挂了电话才发现，我已经不知道走到了哪儿，同样的街道，同样的楼房，同样的人，我甚至找不到回白土珊家的路。感谢老天，我没在电话里露出一丝凄苦和眷恋，如果我这么干了，我会瞧不起自己。替自己保留一点骄傲吧，痴情的人们！就算我马上就后悔，就算我想你的时候无数次地后悔，就算有一天我悔到恨死自己，我还是只能这么说，我就是这种人！

他们说摩羯座有着别扭的个性，即使对心爱的人也很难袒露自己。"别扭"，用的是这个词。

我真讨厌自己！

98

陈天说:"你有没有这种感觉?——第一次见到一个人,你便觉得你会和他(她)发生某种联系?我总是在第一面时就认定的。我没想到我还能再见到你,我还向人问起过,那个人哪儿去了?"

是,我也有这种感觉。好吧,看见了,这就是我们之间的联系,我们会相爱,然后分手,我以为我会忘记你。

99

"这个男主角应该是陈天那样的人。"卓雅说。

卓雅是电影的制片人，三十六七岁，风韵犹存，清秀俏丽，笑起来有着小女孩的神态。我暗自想：这是陈天喜欢的类型。卓雅很早就认识陈天，对他印象不坏。

"陈天，是哪样的人？"我问，不是明知故问，的确不知她的所指。

"就是那种很男人的人。"

她认为她已经表述得很清楚了，我依然一头雾水。

"很男人"——这是一个我从来不用，也不明白它所指的词。

什么叫作"很男人"？相对应的便是什么叫作"很女人"？我唯一知道的是我长了一副"很女人"的模样。性情呢？女人应该外柔内刚，而爱眉说我"外刚内柔"。我最不能忍受的女人品质是"示弱"，而真正的女人懂得如何以柔克刚。我不懂谦恭，一味任性，我争强好胜，固执己见，我没有一副"很女人"的好性情，我也就不懂什么叫作"很男人"。外表冷峻，内心温暖？大大咧咧，不拘小节？这是陈天的样子？我明明知道他心细如丝，顾虑重重，兴之所至，有头没尾，与其说他很男人，我倒宁愿说他很孩子气。

他吸引我的到底是什么？我吸引他的到底是什么？我简直被"很男人"这个词弄糊涂了。

最终我知道这个"很男人"的所指是在好久以后——陈天的爱是"很男人"的，那是一种宽厚的情感，带着欣赏、宽容、体恤和爱护，完全的善意，没有占有欲，也没有现实的利弊考虑，让你在他的目光里慢慢开放。这是让女人变得幸福而美丽的爱情。但是这是审美的情感，会向一切他认为美好的人开放，这种爱情总是停留在赏心悦目的一刻，要贯彻到底则需要更大的力量和激情，那是陈天所不具备的。更强大、持久的情感也许必须携沙裹石，带着占有欲，疯狂、残酷、嫉妒、强制？

　　我被"很男人"的爱所吸引说明了一件事——我挺着脖子支持了那么多年，最终希冀的竟然也不过是被宠爱，被恰如其分地宠爱。

　　这个发现可真让我瞧不起自己！

100

那个年轻女孩满脸泪痕，酒吧昏暗的灯光让她看起来又是凄楚又是癫狂，她已经在这儿坐了三个小时，她在向一个朋友诉说，我有一句没一句地听见，她爱上了一个有妇之夫。

"我每天都在想我不活了，我就守在他门口，他一开车出来，我就撞过去，一头撞死在他车上！"

身上发冷，毛骨悚然。

这就是爱情，比恨还强烈的恨！在血污中爱和恨合而为一。她要让她爱的人一辈子痛苦，一辈子生活在满车鲜血的阴影下。如果这是爱情，这是什么样的爱情？她真的这么干了，这么死了，有人会说：痴情女子。什么样的痴情？

我做不到，连起身给他打个电话我都做不到。

101

蠢到难以置信——我被自己惊得目瞪口呆，在那个雨天。

那是离开陈天一年后，我和爱眉等一干人在大连度假。那天从早晨起就一直下着蒙蒙细雨，爱眉的朋友开了一辆中型面包车带我们去军港。

因为起得早觉得困，我一个人坐在了最后一排懒得开口。透过贴了防晒膜的车窗，外面的海滩、别墅、树林罩在灰色的蛛网里，模糊遥远，什么也看不清。公路修得不好，十分颠簸，也可能是我坐在最后的缘故，这样晃了一个小时，我想我该换个位置，但我还是懒得动。就在这时，那个念头不知道从哪儿飞来了，直吓得我胃里一阵翻腾。

——是沈雪。

这莫名收场、到现在还纠缠着我的恋情在那一瞬间迷雾散尽，我恍然大悟陈天那个从未露面的女友是谁——还能有谁？我早就知道了，从一开始郭郭就告诉我了，是陈天的女秘书，比我小五岁的女孩沈雪！

有什么奇怪？你会说，你一直知道他另有一个情人，这不是什么新闻。不，不，他的情人可以随便是任何女人，只要不是沈雪，只要别让我觉得我是个蠢货，我是个不可救药、几巴掌都打不醒的蠢货！我说过我掌心有十字掌纹，我有直觉能力，而其中最灵的就是对男女之情的敏感。十二岁时，我妈有个同事张阿姨闹婚外恋，来找我妈诉说衷肠，我妈这人素以正派著称，对这种事的态度可想而知，她们谈得十分隐晦，也没有提是谁。我偶然走进房间，她们的交谈继续，我只听了几句，但我记住了。多年以后一次提起张阿姨，我说知道，和××叔叔闹过婚外恋的那个。老妈很震惊，问我怎么知道的，我不知道怎么知道的，但我就是知道。后来长大了，此种功力自然更高更强，在我方圆之内只要有人泛动眼波，卖弄哪怕那么一点风情都会被我捕捉到，身边朋友的恋情我总是第一个知晓，谁存了什么心思我也能略知一二。这种事，最细微的迹象也逃不过我的眼睛，我甚至能用鼻子闻出来。

我怎么能这么蠢？！真是一个谜！

好，说沈雪——细眼重眉长发的清秀女孩，印象里总是简单随意的打扮，不多话，也不做作，样子像个高中生（看出来了吧，是陈天喜欢的类型）。我跟她交情有限，但一直友好。每次我去"天天向上"，她都会拿茶杯、倒水、交给我打印好的剧本，偶尔也会聊两句天。我听多嘴的郭郭说起过她，生在南方的一个小城，父母离异，生活清苦，在北京上了一个不知名的大专，母亲不知跟公司里的哪个人认识推荐她来当了陈天的秘书。沈雪在北京唯一的亲人是她的一个远房表姐，好像是某个报纸的娱乐记者，郭郭认识，按郭郭的说法以沈雪和陈天的暧昧关系为荣四处传播。也正是因为有了郭郭对她表姐品行的质疑，我把她在第一时间就告诉过我的陈天和沈雪的关系当成了无聊人的无聊闲话。但是难道我会看不出来吗？当然不是。我看到过陈天在许多场合照顾沈雪，只要能照顾到她的地方，他便会想法儿说几句，表示他的关心。公司中午盒饭不好吃的日子，他们也时常一起出去吃饭。他对女孩一向周到，为此怀疑他未免小气。沈雪是个清纯爽快的女孩，在我进进出出"天天向上"的日子里，眼见她日渐阴郁，心事重重，变得脾气古怪，带上了一副女人才有的怨妇神情，难道我没有想过为什么？有一次，我和陈天谈到很晚，公司里的人都下班走了，外面房间的沈雪也走了。我们一直在说，颇为严肃，谈些什么我忘记了，反正是公事，那时候我还在和陈天保持距离。

外面的天色渐渐黑了下来，整个写字楼变得十分安静。忽然，外面的门响，有人进了外间的办公室，"谁啊？"陈天问了一句，没有人回答。我想是沈雪忘了什么东西吧，没有在意。交谈在继续，陈天忽然起身拿起茶杯走出门去，意思是去倒水。外面的房间没有开灯，隔着玻璃门显得有些异样。他在外面说了两句什么，但沈雪一直没有声息，那时间应该比倒一杯水要长。他端着水回来后我没有再想这件事，也没有注意他是否喝了那杯水。

　　还有一次，香港来的一行人在公司谈合拍片的事，中午的时候想吃川菜，我们便去了公司附近的天府酒家。临走陈天问沈雪要不要一起去，沈雪摇了摇头。饭吃到一半陈天的呼机响了，他看了一眼没有回电话。我们回去的路上陈天停在一家杂货店前买了什么。"是沈雪托他买什么东西吧。"我不知道为什么会这么想。回到公司工作继续，香港人摆弄他们的摄像机，看拍下来的北京外景，我去了楼道的卫生间。就在我快步穿过外间走到门外的几秒钟里，我看见陈天停留在沈雪的办公桌前，他微微驼着背在说什么，或者在给她什么东西。我的脚步丝毫未停，但是那瞬间的背影对我已经足够。那种让鼻翼扩张、心里发紧的气场已经在那儿，无从解释但掩饰不住。"这样不行，这让我讨厌。"我在走廊里对自己说。

　　还有很多这样的时刻，我把它们都忽略了，忘记了。而在那个雨天，在大连城郊的公路上，它们一件又一件地冒了出来，丝毫不考虑我的承受能力。"不要女秘书和男总裁的情节，不好。"陈天对一份电视剧梗概提意见。"我比你大二十岁，难道我没想过这个。"你比她大二十五岁，还说这种假惺惺的话干吗！"你还是个幼女呢。"

　　天啊！

　　"停车。"我在后面有气无力地说。

　　"你怎么了？"爱眉回过头。

"我要吐了，晕车。"

"停一下车，陶然不舒服。"爱眉大叫。

站在灰蒙蒙的公路边，我的头发和衣服越来越湿，爱眉在旁边撑着伞，我推开她。

"吐出来吧，吐出来会好受点。"

但是我只是弯着腰干呕，什么也吐不出来。

"我怕会出人命。"——这就是那个会出人命的人！

我想起无数次我在她的眼皮子底下、在她的注视下走进陈天的办公室，想起隔着那一道玻璃门陈天的手指怎么划过我的手背，想起在他们的床上他怎么一根一根地捡起我的头发，我无地自容，几乎羞愧至死！

对着远处雨雾中的田野，那团堵在胸口里的爱情是吐不出来的，呕出来的只有眼泪，我直起腰，含着眼泪，我说："我不能原谅他。"

102

　　最初的，也是最强的冲击波慢慢跌了下来，那是几个月以后了，我想我不能原谅他是因为他用一个前提毁掉了我生命里罕见的爱情。他所有的行为、所有的话语、所有恍惚的眼神因为这个前提都产生了新的注解，使它成为一个由于重重误解产生的爱情，镜屋中的爱情。他当时对待我的方式源于切实的顾虑所带来的犹豫，而我则理解为古典爱情的迷人之处。他的方式是迫不得已的，却是唯一能打动我的方式。

　　误解——因为误解，我不能不怀疑这爱情的价值，唯恐自己显得愚蠢可笑。可是也许所有的爱情都来源于偶然和误解、天气、温度和湿度，恰当的条件产生爱情，至于这条件是人为制造的，还是行星运动的必然结果，其实都一样。

　　能带来美感的误解，一生遇到一次已算不错。

　　但是他为什么不说？！

　　该用什么为他这刻意的隐瞒开脱？

　　第一次不说，以后就再难开口了？他为此感到害臊？他怕我会因此离开他？没错，我会离开他的！再或者他根本没想到我竟然不知道，竟然这么蠢，连我自己不是也没想到吗？！

　　有一个关键的问题：如果我一开始就确切地知道沈雪是陈天的女友，我还会和陈天走到这一步吗？

　　答案是肯定的：不会。

　　我肯定不会跟他有染。

　　理由？别问我理由，当然有假模假式的好听的回答——和他不离开她的理由一样，我不能和一个比我小、比我弱的女孩子争夺他。她应该是天真的、纯洁的，是交到他手里的处女，要他呵护宠爱的。不是这样，只是这个事实伤害了我的骄傲，如此而已，不必惺惺作态。

　　这样便有了一个解释——我无视这一明显的事实，因为我要给自己和陈天机会。

　　是的，徐晨说得不错，我总是会对这世界有所眷恋，陈天就是我的眷恋。

　　我对这世界唯一的眷恋甚至不是完美的，它充满了缺憾、疑问、痛苦和羞耻，它应该是这样的，这世界上的一切东西都是这样的，它符合这个宇宙的规律。真正完美的东西与我们无关，对我们毫无意义，触动不了我们的心灵，因为我们就是充满缺憾、疑问、痛苦和羞耻的，我们就不完美。

　　不是我们不配拥有完美的东西，而是那东西的确与我们无关。

　　所有的理由都是好听的借口，他不离开她，仅仅是因为爱她，而他又不愿意让我难堪。再或者什么都不是，他不过是个贪得无厌的好色之徒，如此而已。

103

以我粗浅的经验，中国男人有少女癖的不在少数。日本人不用说了，几乎个个是少女癖，一个四五十岁的男人，为了摸一个女中学生的膝盖，愿意出十万到十五万日元，这足以解释涩谷大街上那些屁大的小女孩背的普拉达包为什么全是真货。我认识的一个中国留学生写了一篇《试谈日本人的少女崇拜》，因此获得了东京大学的社会学硕士学位，他的导师是这方面的专家。

我得说，有如此癖好的男人生活在亚洲真该谢天谢地！想想欧洲、美洲的男人吧，想想可怜的亨伯特教授吧，他要找到一个完美的性感少女，只能到九至十四岁的幼女中间去找，你肯定注意过那些外国孩子小时候是多么可爱，皮肤细腻如脂，柔软的金发像小动物的绒毛一般，长大可就难说了。这些小可人儿长到十六岁就已经大屁股、大乳房、皮肤粗糙，跟个成年妇女无异了。她们开放得太快，对于喜欢玫瑰花苞，而不喜欢玫瑰的人真是不幸，这些男人除了无耻地犯罪简直找不到别的出路。而亚洲男人就不同了，他们选择的余地很大，我看过一篇文章，说中国妇女是从小女孩直接变成老太太，几乎没有女人时期，说得尽管偏激，但也有点道理。就像我，被人叫作小女孩的时间竟达二十多年之久。到了二十八九，只要不说话，不直视别人，也能勉强冒充个少女。

很多人一辈子只喜欢一种类型的人，我和沈雪大概看起来就是一种人，在陈天的爱情里我并无特殊之处。

104

想想我在他面前扮演了个什么角色，争强好胜，言辞间都不肯输他半分，跟别的男人上床还跑回来告诉他，不是挑衅是什么？固执己见，难以约束，自作聪明！谁会要这样的女孩？吃力不讨好地扮演这么个角色干什么？他说过他不喜欢我突然剪短的头发，不喜欢过分暴露的内衣，他没说过的还有些什么？

你原本是可以一直低着头的，你可以温顺，可以贤淑，可以安静地等待、哀求、哭泣，以死威胁，你的爱情难道没有强烈到打垮你的自尊吗？没有人会耻笑你，以爱的名义你可以做一切丢人现眼的事，你甚至可以在他的汽车前撞死！如果你不能这么做，他会离开你，你将一个人偷偷哭泣，没有安慰，没有同情，除了你自己，什么也没有。

他甚至不肯当面和我直说，他知道我是什么样的人，既不会对他刨根问底，也不会跟他死缠烂打，他利用了我的克制。坚强的人应该承担更大的痛苦，因为这个倒霉的姿态，我被认定是强的一方，应该接受伤害的一方，没错，接受伤害，扬起你的头吧，这是你的天赋！

沈雪也不简单，我在她面前从容自若是因为我一无所知，而她即使仅仅要保持礼貌都需要很大勇气。有人会在她面前偶然说起：陈天，我昨天看见你和陶然了。说者无心，听者有意，只有她知道陈天如何解释他前一天的外出，只有她知道他说了谎。每一天，她都守在陈天身边，看着我进进出出，转接我的电话，传达我的留言，她不变得日渐忧郁、心事重重那才叫怪呢！偶尔的爱搭不理已经算是不错的表现了！

　　这个故事可以是另一个故事，由沈雪讲述的故事，也是一个女孩一个人的战争，她是否能赢得这场战争呢？

　　就像陶然对自己被称为强的一方感到不满一样，沈雪可能对被称为弱的一方同样不满。这是一个故事的两面，这是故事的有趣之处，女孩陶然的故事肯定是不完整的，肯定还有另一个故事。

　　但是，还是先把陶然的故事讲完吧。

105

　　我又梦见了陈天。

　　梦见他是我隐秘的、另一处的生活，我没有提起，但它一直存在。

　　离开陈天后我常常梦见他，有时候我害怕做梦，有时候又渴望梦中的幽会。有一阵子，我觉得我已经把他推到了记忆深处，对他的渴望不再干扰我的生活，一切看似风平浪静。忽然，一个平常的夜晚，他再次出现，如此真切生动，带着他的一切气息，就是清醒时努力回忆，也不可能做到那么清晰。于是一切又回来了，所有的努力都白费，所有的爱情被还原如新。他总是在我的梦中出现，总是让我在中午醒来时绝望地意识到我依然爱他。一夜的缠绵让我精神恍惚，分不清现实和梦境的界限，睡梦中的身体敏感异常，他靠近时的感觉真切而尖利，他是不是在向我微笑，他是不是像梦中一样向我伸出手臂，他是不是在他的国度里想念我？

　　在梦中，我惶恐不安地看着他，伪装尽去，然后我会拒绝醒来，为了能在梦中和他多待一会儿。这一切都是不受控制的，这种时候我会一直昏睡到下午，为了把他的气息关在被窝里。我在梦中的样子如此可怜，毫无风度和自信可言，甚至在梦里我都在担心，担心他发现这是我真实的样子，而白天的那个人则是个假货，一个纸老虎。

　　我开始记录他出现的频率，一个星期，两个星期，一个月，最长没超过两个月。我想如果他天天来，我会像在梦中与狐仙或鬼怪交媾的女人一样很快死掉。在我想念他的时候，我吃褪黑素，国外带回来的 Meltonin，我甚至吃扑尔敏，我整天睡着。

　　那感觉没有的时候，你根本不知道那是怎么回事，你不能想象他对你还有意义，那从头到脚的异样，没有就是没有，有了便是天翻地覆。我有时觉得潜伏在我身体里的欲望已经慢慢退去了，忽然某个月圆之夜它又潮水般涨回，就像它们从不曾离去。

　　身体是否有它自己的记忆，身体的记忆是否比大脑更长久？

　　这梦境是由谁控制，被什么机关开启释放？在什么时候开启释放？我发现不了任何现实的因由，那感觉可能是身体中某种化学元素的忽然增多，而什么东西能让它增多，我吃了什么？呼吸到什么？它们在我的身体里凭空产生吗？

　　对我，他不再是一个现实的人，而是一种感觉，爱的感觉。那感觉在高峰处被突然冷冻，于是便停留在我的身体里了，完好无损地停留在某处，不能进也不能退，不开花结果，也不腐烂变质。

　　在梦中我走过一家时装店，橱窗里的模特穿着样式奇特的绚烂服装，店里灯光明亮，随便一瞟便看见几件漂亮衣服，于是走了进去。里面的女店员也干净整洁，眉目悦人，向我点头问好，一件绿色的衫子挂在白墙上，既醒目又别致。女店员说："要试试吗？很适合你。"我说："等一会儿，再看看。""好，您随便。"我一件件地翻着，她在后面跟着，我便说了句客气话："都挺不错的。"她说："是啊，我们这儿的衣服都是特别设计的，别的地方没有，这是陈天的店。"

　　——原来在这儿等着我呢！

　　他非常狡猾，躲在梦的各个角落，猝不及防地溜出来吓你一跳。

106

　　我记得陈天说过他很少做梦。在我们交往之初，有一次他告诉我他梦见了我，这令他十分惊讶，我想这使他确信自己爱上了我。后来我在书中看到，印度人认为人的最高状态是无梦的睡眠。一个人一旦调整到这个状态，他就可以摆脱所有世俗偏见的困扰，把时间和空间合而为一。我想陈天可能并不希望梦见我，这打破了他和谐的世界。

　　《奥义书》里说天地万物都有两种形态：一种存在于目前的世界；另一种存在于另一个世界。还有第三种形态——介于二者之间，是睡觉的状态。睡觉的人，也就是处于中介状态的人，有能力同时察觉处于"目前"和"另一处"这两种状态的事物。梦被作为神谕，恺撒的继承人奥古斯都曾颁布法令说，任何公民只要梦到和共和国有关的任何事情都必须在集市上向他报告。我的梦到底在向我讲述什么？

　　探求梦境，也许是在探求时间的背面，或者是空间的另一面？当古代中东的人把做梦归结于外部神鬼的推动作用时，我们中国人则坚持自己的信条，即做梦来自于自己本身——做梦者体内游动的灵魂。而亚里士多德则相信梦并非具有预言性，而是现实的观点，梦中的景象对醒来后人的行为有一定的影响，因为人醒来后，梦中的思维状态会继续保持一段时间，这成了有意识思考的起点。

　　也许我是因为梦见陈天而爱他，但是这还是解释不了我为什么梦见他？是我不断地梦见陈天这个事实使我不能忘记他，还是正好相反，因为我在潜意识里不能忘记他，所以才会梦见他？我想找到不能忘记他的原因，或者找到梦见他的原因，哪一种都行。

　　梦见陈天这件事，首先的联想便是我常常听到的弗洛伊德的陈词滥调："每个梦的意思都是对实现愿望的请求。"是我被压抑的欲望的虚幻满足。这个说法太简单了，不能满足我，就像我不能相信梦中出现的所有长形东西，枪、刀、笔、手电筒都代表阴茎，拉关抽屉代表性行为一样。但是如果相信荣格的说法认为："梦是公正的，潜意识中灵魂的自发产品，不受愿望控制……"就更为可怕，如果陈天的出现与愿望无关，那么与什么有关？"梦不会欺骗，不会说谎，它们不会歪曲事实或假装……它们总是寻求我们自己不知道，甚至不想知道的一些东西。"我不知道什么？

　　据说，所有健康的哺乳动物都做梦，人类的婴儿也把他们的大部分时间投入其中，这被称为 REM——快速眼球运动的做梦睡眠状态。他们在子宫里的时候就是如此。我真想知道婴儿在子宫里所做的梦，那梦里会有什么呢？也许是他们的前世。当然，还有一种观点，把梦看作是头脑代谢的废物，无意义、随机发生的，自生自灭的信号聚合刺激睡眠时的中央神经系统。我天生排斥这种唯物主义的反心理学态度。

　　"我们做梦是为了忘记。"

　　——忘记？我没有因此忘记陈天，反而记住了他。

　　"梦在个人记忆筛选和保存方面有着重要作用。"

　　——关键问题上，基于什么样的标准来选定这些内容？

　　我看了很多书想对做梦获得一种明确的看法，却发现有数不胜数的前辈为此花费一生的时间，建立了各种各样关于梦的系统。他们互相争吵，针锋相对，已经闹了很多个世纪。我这种想获得明确看法的企图，忘记了一个基本事实——没有真理，只有某种被认可的学说。

107

　　我和陈天之间的事三言两语就可以说完，这里面可以称为事实的东西极其简单——一次微不足道的恋情，与这世界上每一分钟都在发生的千百万次的恋情并无差别，情节雷同。但是它还是有某些东西令人惊异，它的影响十分微妙，如同一个鸡蛋在沸腾的水中微微爆裂，生活那光滑的外壳有了可以指认的缺口，在冒着热气的水面上泛起一层白色的泡沫，鸡蛋的损失你可能看不到，浑圆细嫩依旧，但是泡沫毕竟存在。

　　你问了第一个"为什么"，便要开始一次灵魂的冒险，接踵而至的是一个又一个的"为什么"，无穷无尽。

　　世界上有很多窗，有人打开这一扇，有人打开那一扇，无论打开哪一扇，你都将走入同样的虚空。

108

　　在梦中陈天会飞，他穿着奇异的渔网似的白色衣服，他的皮肤像海豚一样光滑，发出光亮，他的脸有时候不是他的，但我知道那是他。我不知道谁还经历过这种幻影的爱情，也许很多，要不然怎么会有"梦中情人"这个词？　"梦中情人"——如此贴切倒显得可笑起来。

　　这个梦中人取代了真实的陈天，使我再次见到他的时候，完全慌了。

　　我无法跟他交谈。

　　我掉头跑了。

109

　　爱眉没在办公室，同事指指会议室的门："她可能在会议室。"我道了谢，走到会议室前，门口贴了张打印的 A4纸——指明里面是什么青年文化与文学的研讨会。我没犹豫就推开门，会议室里灯光雪亮，长条桌边坐满了人，一个戴眼镜的中年男人正在发言，没看见爱眉。

　　这时候，一个人忽然高过众人的头顶，起身站了起来，他的目光定在我身上，在众目睽睽之下毫不迟疑地走了过来——是陈天。

　　我退到门外，他跟了出来，回身带上门。他看着我，他还是他，他在楼道里愣愣地看着我。我看得出他和我一样惊呆了。

　　"你怎么在这儿？"

　　"我知道总会在哪儿碰上你。"我说了这话，努力沉静如常。

　　"你都吃什么呀，怎么一点不变？"

　　"是嘛！"

　　"你好吗？"

　　爱眉从一个房间冒了出来，又蹿进另一个房间。我像看见救星一样大声叫她，她没听见，我不管不顾地追踪而去，既没跟陈天打招呼，也没和他再见，把他一个人硬生生地扔在了那儿。

　　我不行了，我能说的是"我不行了"。

　　十分钟后，等我想到我不能把他扔在那儿，再跑回楼道里，他已经不见了。

　　我语无伦次地向爱眉说了我要的材料，说得飞快，我突然告辞，我出门就上了在门口趴活儿的出租车，我蜷在后座，脑袋昏然一片，没有意识到我的眉头紧紧地蹙成一团，但我知道我在发抖，像一个大白天撞见鬼的人一样发抖，牙齿的抖动尚能勉强克制，肩膀和心脏却抖得要把我摇散一般。

车在街道上飞驰，怎么可能有这么空的街道？街边的大杨树在风中哗哗作响，声浪震耳，一句歌词冒了出来，以前写的——"你让我变成风中的树叶，一片片随着颤动的空气发抖。"

发抖。

一直到那天的晚上，我才恢复了正常的理智。正常的理智带来的就是后悔。我知道我表现得非常冷淡，我扔下他走了，他会认为他已经被我从生活中一笔勾销了，我不再对他感兴趣，甚至再不想和他说话、不想和他打交道了。我手里拿着电话，我想打给他，我已经拨了号码，但是——我说什么呢？我有什么可说呢？

我理解了一件事——只有肤浅的感情才能够表达。

以前有两样东西我是相信的——一个是理性，另一个是表达。对于陈天的爱情摧毁了我唯一相信的两样东西。

110

吃饭的时候我坐在一个棕色头发的老外旁边，是刚从美国来的，他们公司的什么法律顾问。我一直没开口，整顿饭都是英文和中文交叉，我英语能力有限，犯不上费这个劲。

饭吃到一半，我身边的棕发老外忽然用中文说："你是写作的？"

"是。"

"不错的工作。"

"谢谢。"这老外居然发音纯正，绝非学了一两句来卖弄。

"你的中文说得真好。"

"谢谢。"

"是在中国学的吗？"

"是，香港。"

"有兴趣学着玩儿的？"

"是有兴趣，不过不是学着玩儿的，我研究中国古典文学。"

"不简单。你不是他们的法律顾问吗？"

"我后来才改学的法律。"

"是这样。"不用说估计也是生计问题。

"写作很不错，我现在除了公文什么都不写了，除了记录我的梦。"

"记录梦？很久了吗？"

"是，很多年。"

"我也记录。"

"是嘛！梦很有趣，我在梦中有时候是白人，有时候是黑人，有时候是老人，有时候是女人，你可能是一切人。"

"女人？"

"对。"他肯定地点点头。

"也可能你就是女人，这个法律顾问，不过是那个女人做的梦。"

"你是说，庄子、蝴蝶的事？"

"对，你是研究古典文学的嘛。"我笑，"我有个朋友常常做这么一个梦——房间中间有一盏灯，他想把那盏灯关掉，但是满墙都是开关，他不知道哪一个是，他就不停地关啊，关啊，但总是关不上那盏灯。"

"在梦中，我会问自己，这代表什么？"

"怎么问？"

"比如，我梦见一头狼在后面追我，我不停地跑……"

"怎么跑也跑不动，腿像灌了铅？"

"对。"

"它马上就要抓到我，它的爪子已经搭到我的肩膀上了，我就问自己，狼代表什么？"

"在梦中问？然后呢？"

"那头狼就在我眼前软了下去，慢慢化掉了。"

"化掉了？完了？它代表什么？"

"你得面对它，就代表这个。"

"我经常梦见我以前的男友，我不知道这代表什么？"

我一定是疯了，居然在一个全是陌生人的晚餐上，对一个初次见面的外国人说这种话？我对外国人一向缺乏兴趣，我喜欢心领神会，而跟他们说话，除了互相解释和介绍就没别的。可是这些话，我居然就冲口说了出来。

他笑了笑，目光很柔和，没有嘲笑也没有好奇，不紧不慢地说："我想你也应该面对他。"

　　——这个人是老天派来点化我的!

　　告别的时候,我向众人都只是礼貌地点头,只向他伸出了手:"很高兴认识你。"

　　"我也是。"

　　他随着众人走了,我居然有一点舍不得。没有记住他的名字,也不必记了,我们不会再见面。

　　一个没有名字的陌生人,我向一个没有名字的陌生人说了我的秘密。

111

那天夜里我忽然原谅了陈天，出于怜悯原谅了他，不是对他的怜悯，而是对人类的怜悯，对自己的怜悯。我们都将怜悯自己，因为我们既无从了解自己，也无法把握自己，我们没有运气成为幸运儿，成为爱情的劫后余生者，生活的劫后余生者，我们只能显得可笑、卑微，没有其他可能。

如果不能原谅他，我难道能原谅自己做过的那些荒唐事吗？

唯一能够指责他的，是他缺少面对这一切的勇气。

但是算了吧。

为什么我要为每一桩行为、每一种情绪都找出一个缘由？我不厌其烦地为所有的事物寻找理由难道不是荒唐可笑的吗？我为什么需要这些理由，它们到底于我有什么意义？它们到底对什么有意义？既然你早就明白不会有绝对的意义，理性不是扯淡吗？你怎么能要求所有的事物都是有逻辑的、都是有因有果的、都是从一到二的，根本就没有这回事！

"这样的人认为，一个有才智的人只能为值得憔悴的人才憔悴，要是有人为霍乱菌这样渺小的东西而甘愿染上霍乱，岂不是咄咄怪事！"

我就是普鲁斯特所说的"这样的人"。

这样倒霉而讨厌的人！

112

我的梦。

那天傍晚，他来了，有一张苍白如纸的脸，坚硬而脆弱，纹路深刻，英俊异常。我愣愣地盯着那张脸，眼神里的仓皇让我心疼。我把习惯竖起的衣领放下，露出脖子，这样做的时候有点慌张，唯恐我的脖子不够白嫩不能引起他的欲望。我的动作引起了他的注意，眼神里多了委屈和无奈，让我觉得自己过于鲁莽了，不能太主动，猎物应该像一个猎物，应该安静地接受自己的命运，我把领子重新竖起。

"你在等我？"他开了口。

"没有。"

他摇了摇头："你的眼睛里有太多的渴望，甚至超过我的。"

"你不喜欢？"

"你渴望什么呢？不朽吗？"

"不是。"

"那是什么？"

"致死的激情。"

他叹了口气，说："我想喝水。"

我迟疑了一下，倒了水端给他，他已经在黑暗的窗前坐了下来。我注意到他拿起杯子的手，纤细漂亮，也是我的最爱。

"你也喝水吗？"我看着他把水喝掉一半。

他放下杯子，说："致死的激情只有一次。"

"我知道。"

　　"可你想的是一次又一次……"

　　"即使是你，也不行吗？"

　　他看着我，以他最平常的神情看着我，我觉得我的五脏六腑都在他的目光下疼痛起来，分泌着一种酸楚的物质，把我的整个身体浸满。我知道这感觉是什么！

　　他走近我，手指伸向我，那手接触到我的一瞬间我的身体晃了晃。他只是抚平我的衣领，很细心地一点一点地抚平。

　　他的嘴唇柔软异常，是为了给他的尖牙作衬托，他的吻又密又深。

　　"有一点酸？是什么？"他在我耳畔问道。

　　"爱情。"我的身体在他的怀抱里已经柔软得不能支撑，"我要死了吗？"

　　"是的。"他说，"我们会做爱，然后你会死去。"

　　我的吸血鬼，你是否存在？

113

"方涛。"我叫住从我身边走过的那个白领男人。

他停下脚步，回身看见我，笑了。方涛穿着深色西装，头发一丝不乱，衬衫和领带搭配得无懈可击，鞋上甚至没有北京常见的尘土。而我依然中学生似的穿着牛仔裤和粗绒帽衫，墨镜滑到鼻梁上。我们这两个看起来毫无搭界的人站在那儿互相打量、互相微笑，像别的人一样，他说："你还是没变。"

方涛让我想起我那些年少轻狂的日子，他看起来有点老了，但更加的温文尔雅。他是我见过的最有绅士风度的男人，丝毫不是矫饰。他对我说话的声调总是平静而温和，在我不打招呼就消失两三个月，甚至更长时间的时候也从来没有要求过我的解释。只要我去找他，他就会微笑，会和我一起听英文老歌，一起聊天，一起上他那张一尘不染的床。有时候我会对他那安静的笑容感到恼火，会故意挑起事端，想让他对我发火，对我吼叫，打破那张英俊面孔上的淡然表情。只有一次我做到了！在街头，我指责他对别人说了我是他的女朋友，他脸上的线条忽然变得僵硬起来，声音也提高了："我不可以这么说吗？"我愣愣地看着他，认为他马上就要和我理论了，就要跟我发火了！但是没有，他脸上的线条又柔和下来，不愿意和我计较似的。

"算了，对不起。"他居然道歉，"车来了，上车吧。"

我上了车，他在外面向我挥了挥手，甚至还微笑着。

这就是方涛。

此刻我坐在他对面，看着他依然如故的笑容感到不好意思，而且害臊。我很想对他说句对不起，但是这句话看起来却是那么地不合时宜，仿佛说出来会让我更加羞愧似的。我有什么可解释的，唯一的借口是我太年轻。

"在做什么？算了，说了我也不懂。换工作了？"

"嗯。两三年换一次。"他递了新名片给我，美国某某投资公司，不知道是干什么的。

"结婚了？"

他点点头："刚刚。"

他掏出钱包，打开，抽出一张黑白照片递给我，照片上是个胖胖的小丫头，戴着围嘴，一脸严肃，脑袋上梳了个朝天辫。

"我老婆。"他解释说。

我笑了，把照片还他。他收起照片，他的手如此洁净，戴着朴素的结婚戒指，指甲修剪得整整齐齐。——就像他的人生。

"你呢？"

"还是那样。"

我从他的手指上收回目光，我们就那么坐着，友好地相互微笑。

他的优雅，初次见面便吸引我的东西，完好无损，动人依旧，把我们联系在一起的就是这面对生活的优雅。他知道我过分浪漫，对日常生活不屑一顾，与他希望的实在的生活相距甚远，我也知道。他总是在我睡得迷迷糊糊的早晨起床，轻轻吻我，然后出门上班，他给过我家里的钥匙，要我留下，在他下班回来之前，我把钥匙留在桌上，走了。我从未对他说过任何一句表达感情的话，最简单的也没有，以前没有，现在就更不会。

我们在茶馆门口道别，我谢绝了他送我的礼貌提议。看着他把车倒出停车场，他的动作从容不迫，仿佛这世界上的一切都不能打破他内心的平静似的。但是谁知道呢，这种平静是不可能存在的，他平静的外表下动荡着怎样的波澜，我永远无法知道了。如果幸运他会遇到另外的女人，也许就是照片上的那个胖丫头，为了他那么努力地保持他的尊严和平静而深受感动，他们会因此而幸福，谁知道呢。

　　他向我挥挥手，我也挥挥手，他的车开上马路混入车流不见了。我忽然感到伤感，万分伤感。

114

　　我糊里糊涂地跟着他们吃了饭，喝了茶，又跑到酒吧呆坐。他们通常会在"幸花"耗过午夜，然后去88号嗑药，一直鬼混到第二天早晨八九点，最后夹在早起上班的人流中回家睡觉。

　　因为老大一晚上不肯喝酒，阿赵一直在讽刺他，终于在晚上十一点把老大说急了。

　　老大从兜里掏出一小瓶速效救心丸神气地往桌子上一放，抓起酒杯："喝就喝！"

　　老大从上次抽大麻突发心脏病被送去急救，一直随身携带速效救心丸。

　　阿赵一看也急了，也从兜里掏出一瓶速效救心丸狠狠地往桌上一放："谁怕谁啊！"

　　我在边上一看，乐了："完了，完了，这圈人完了，比来比去，比上速效救心丸了！"

　　老大和阿赵斗酒的时候，徐晨之所以没像往常那样煽风点火，是因为他正忙着跟林木谈文学，连续把七八个"不行"轻松地放在别人的名字后面。谈来谈去，终于谈到了陈天头上。徐晨很有把握地断言说："他老了，他已经完蛋了。"

　　我一听就怒从心头起，转过头恶狠狠地插嘴："你也一样有一天会完蛋！"

　　徐晨奇怪地看了我一眼，决定不理我，回过头继续和老林煮酒论英雄。

　　我自觉失态，很快就告辞走了。

"这个自以为是的家伙！这个可恶的东西！"出租车里，我还在骂徐晨，一边骂一边平白生出许多哀伤，眼泪竟在眼圈里打起转来。

陈天老了，他肯定会老的，他已经老了，来不及享用我的爱情就已经老了！这个有着爱情天赋的人必将老去，必将变得麻木、冷漠、平庸而缺乏勇气，我们都将如此。也许有的人会变得安详、智慧甚至宽容，但是这些与爱情无益。他将丧失他最好的天赋，成为一个宽厚的长者、一个善解人意的长辈，他将和其他人一样！我必须见他，我必须赶在这一切来临之前，我必须挽救他——或者在我十八岁遇到他时一切就已经晚了……

我站在那棵大树下，陈天家楼前的那棵树，我想那是棵槐树，尽管现在没有一片树叶。他的窗口就在我眼前，亮着灯，在窗前一闪而过的影子是他，我手里拿着电话，盯着那个窗口，我拨了号，但每次都拨不完。

陶然，算了吧，你做的蠢事还不够吗？别再干过分的事了，一切都结束了，别再丢人现眼，回去吧。你会恨你自己，你会为你今天所做的事恨你自己，记得你在大连公路边呕吐的感觉吗？那感觉会缠着你，让你觉得自己是个傻瓜。可是，我管不了那么多，我不想再装了，我还来不及爱他他就已经老了，那些自尊心啊，骄傲啊，不值一提，谁会在乎？我要看见他，我要把他抱在怀里，我要告诉他我爱他，不管那多么地不合时宜！让那些装蒜的话见鬼去吧！那对谁也没有好处！……十二点，一点，一点半，路上已经没有多少行人，北京的冬夜，我觉得冷，很冷，冷也很好，再冷一点就会把身体里的渴望凝固，它就不会再折磨你，你就不会再做蠢事，就站在这儿吧，就这样接近他吧，直到你心中的风暴平息，直到你不能忍受为止，我允许你站在这儿，看着他的窗户，到此为止，把电话收起来，除非他现在走下楼，看见你，除非有这样的奇迹发生。一点半，两点，不会了，再不会有奇迹了，奇迹已经发生过。记得情歌里是怎么唱的？——"你在这里就是生命的奇迹。"你在这里已经是生命的奇迹！

　　陈天，把灯关上，睡吧，就算你不知道我是爱你的，就算你不再记得我，你在这里已经是生命的奇迹。

115

两个月后，陈天死于突发的心脏病。

没有任何征兆。

116

要讲到那一天了。

那天晚上我和一个想拍电影的年轻导演约在"上岛咖啡"见面，他刚出校门，像许多初出茅庐的年轻人一样对未来充满信心，世上无难事，只要肯登攀的架势拉得挺大。我听他说了一小时他的艺术追求，聊得差不多的时候，爱眉过来了。她要了一杯西柚汁用吸管喝着，忽然冲我说："你知道了吗？陈天的事。"

"什么事？"

"你不知道？他前几天心脏病发作，就这么完了，真恐怖。"

我没说话，那个年轻导演问了几句，爱眉说她也不清楚。那男孩又问："陈天好久没写小说了吧？"

后来那个男孩告辞走了，我说好，再见，我们再坐一会儿。后来我起身去卫生间，后来我出来，发现走错了方向，又往回走，后来可能是没看见脚下那一阶十厘米高的台阶，我整个人僵硬地摔了出去，随着周围人的一片惊呼，极其夸张地倒在铺着青石板的地上，动不了了。

然后是中医医院的急诊室，那儿离三里屯比较近，爱眉给我挂了骨科，大夫说坐那儿，裤子能卷起来吗？我说能，当然有点难，是牛仔裤。大夫东捏捏西碰碰，让我屈腿又直腿，反复地问疼不疼，疼不疼？当然疼，还用说嘛！大夫开了张单子，说去二楼照片子，然后指使爱眉，把身份证押那儿，借一辆轮椅，我就坐在了轮椅上，被推进电梯，上二楼，把腿放在巨大的机器下，弯成一个奇怪的姿势，反复两次，然后又坐回轮椅里，等着冲洗片子。

"他死了？"我问。

"谁？陈天？"

我点头。

爱眉叹了口气："人就是这样，我上个月还见过他。这个月就是哪儿哪儿都不对……我早就觉出来了……"

上个月还见过他？可恶的爱眉，你要让我嫉妒死吗？我有多久没见到他了？算不清了。不，不是，这个时间将被无限地延长，我再也见不到他了！

大夫把四张黑白骨头的片子贴在灯板上反复看着，那些骨头看起来真细，你想不到居然就是两根这么细的东西支撑着一个人走动、跑动、跳跃、上楼、做爱……为什么会想到做爱？因为陈天？他那总是温暖的手，总是能让我冰凉的手指感到温暖的手。

"骨头应该没事，是韧带和软组织挫伤。"

"那还好。"爱眉说。

"还年轻嘛，哪能摔一下就断了。"大夫关了灯板，拿下那几张片子。

还年轻，还健康，还活着，这是我的现状。而我爱的那个人，他跟这一切都无关了。他可以从这个世界上消失，但是他给予我的对于这个世界的眷恋却依然存在，这是可能的吗？

我想起徐晨说过的话："等着瞧吧，那件事情总会来的，它会来打垮你，你躲不过的。"

爱眉说："老天不会平白地给你任何东西，他既然给了你比别人更强的承受力，他也会给你比别人更大的考验。"

——这就是那件事，这就是那个考验，它来了，我得迎接它，我得用我的冷酷无情对待它，我得傲慢，我得铁石心肠，我得无动于衷……我知道躲进悲伤是容易的，我知道眼泪的感觉很柔软，我知道生死相隔的爱情很凄美，我知道我可以一直睡着，一直想你……这些美丽的痛苦，我可以拥有它，我是任性的，那么就再任性一次！娇惯自己吧！怜悯自己吧！低下你的头吧！坚强——这令人不快的美德，不被同情，不被可怜，不被娇纵，是世界折磨你的借口，是人们伤害你的口实，还带着它干什么？丢弃它吧！

　　有的人生而被罚之多情，有的人则生而被惩之坚强。多情的人会被谅解，坚强的人却得不到宽恕。

　　让我脆弱吧！我恳求你们！

117

　　所有的东西都在和我作对，时间在一点点剥落你留在我皮肤上的温暖，你的气息也渐渐弥散在空气里了。留住那蜜糖一般的感受以备将来享用的企图是徒劳无益的，没有幸福可以封存不变。要知道你有种让女人感到幸福的天赋，你会让女人们变得疯狂，以为她们找到了每个人都在寻觅的幸福甘露，她们会为此紧紧地缠住你、抓住你，等到她们意识到感到幸福和幸福是两码事的时候已经晚了。没有人能抓住你，也没有什么能留住你，你的离去就是最好的证明，她们不能再争夺你了，你终于摆脱了爱情的纠缠……

　　睡眠掺和着他的记忆，让我在半睡半醒中徘徊，睡不着，又不肯醒来。起床穿衣，梳妆打扮，去到那个现实的世界，不必了吧，那里没有我想要的东西。

　　下午三点我从床上爬起来，开始慢腾腾地穿衣、洗脸，极度的虚弱感笼罩着我，胃在绞痛，一阵阵的恶心袭来，让我觉得自己会昏倒在地。是因为饥饿，还是爱情？爱情也是一种饥饿，至少它和饥饿带来的感受相同。

　　已经二十四小时没有吃过东西，我拿起一盒蛋黄派，撕开，一口一口强迫自己吃下去。心"怦怦"地跳着，跳得太快了，像一面脆弱的鼓不能忍受再一次的敲击。

　　我一边吃，一边哭。

　　你听说过人会被饿哭吗？

　　就像那天的我。

　　自杀的人肯定不是对某样具体的事感到绝望，也许是由具体事件引起的，但他肯定是对整个世界失去了信心，失去了兴趣，认为一切努力都是徒劳无益的，他实在鼓不起勇气再吃饭、喝水、起床，那么就睡去吧，算了吧，放弃吧，由它去吧……在陈天死后，我体会到了这种感觉。

我们一生中总要遭遇到离开心爱人的痛苦，那可能是分手，也可能是死亡，对此即使我们早有准备也无力承担。人类唯一应该接受的教育就是如何面对这种痛苦，但是从来没有人教给过我，我们都是独个地默默忍受，默默摸索，默默绝望。

118

　　下雨了，中午醒来外面就阴沉沉的，几乎像是傍晚，令人抑郁而沮丧。我决定结束幽闭的生活，去外面走走。

　　雨是看不见的，像雾，绵密柔和，只有脸上的凉意是可寻的，房间里雨雾带来的暗淡天空下却没有。我穿过街道，走进街心花园，一切顿时不同了。

　　雨赋予了万物以色彩，四周都是新鲜动人的颜色。长出的新芽是那么绿，桃树的枝干泛着红铜的光泽，连一棵枯死的松树都变成了鲜艳的橙红色，过了冬的枯草也黄得耀眼。真是美丽。一切生命仿佛都在雨中变得生机勃勃，都重新获得了希望。我在花园里转了很久，每一样东西都看了又看，怀着异样的欣喜。我总说我是悲观主义者，我对生命没有好感。但是这些新生的、有着色彩的生命，居然让我有了欣喜？！这是对生命本能的认同，是天性。

　　这时候我知道，他不在了，而我依然要活着。

119

后来有了更多的消息，那天的凌晨，陈天在家里，在写作，一个人。

半年多以前，他和沈雪分手，沈雪有了一个新男友，他们一起去了国外读书，是陈天帮忙办的。

算起来，那应该是我在杂志社遇到陈天的时候，我把他扔在走廊里，逃掉了。

我有什么可说的？

命该如此。

120

但是我在他窗下伫立的那个冬夜，其实是另一个样子。我肯定不会对自己那么严厉，爱情肯定打垮了我，绝望又排除了所有犹疑，我肯定屈从了自己的愿望，我认了命，我给他打了电话。

"陈天，我是陶然。我想见你，我在你楼下。"

他在电话里没有惊讶，只是说："来吧。"

那个夜晚，我身体冰凉，脑袋迷乱，他和我近在咫尺，身上的气息清晰可辨。他看着我，目光如同很多年前的那个清晨，好多年前的那个下午，好几年前的那个夏夜，他就一直用那样的目光看着我，仿佛这中间什么也没有发生，他说："孩子，你这是怎么了？"

我看着别处，我想我无论如何要说出来，我已经来了，我已经看见他了，我已经抓住他了，我必须开口，张开嘴说下去，幸好开头的那句不难："你是真的不知道，还是假装不知道——"后面这一句就难了，但是既然开了头就得说下去，"——我很爱你？"

"你是真的不知道，还是假装不知道我很爱你？"我就是这么说的。

"我知道，我一直都知道，我也爱你，你一直在这儿，"他指了指自己，"一直在，从没离开。"

好吧，他知道，别责怪自己了，你并不像你想象中装得那么酷，他一直知道，他说"一直"。

他抓了我的手，送到唇边，很慢地，几乎是小心翼翼地，一个手指一个手指地吻着。

到底还是在他面前哭了。

也许因为一夜没睡，在第二天黎明的晨光里，他看起来的确老了。

"你要害死我吗？"他的眼睛里带着笑意，亲了亲我的肩膀。

那是我的，最后的陈天。

121

陈天的死除了让我绝望之外，还有另一个结果——使徐晨他们放弃了对摇头丸的热情，每天带着速效救心丸过日子总不是件愉快的事。

"我以后可不能再乱说话了！我说他完蛋了，他就真死了！我不是成乌鸦嘴了吗？！比如说，我要说……"徐晨的眼睛在在座众人的脸上转了一圈，每个人都对他怒目而视，他只好说，"我要是说徐晨完蛋了！我就能死？"

没人理他。

"那我以后多说说'祝你们幸福'，总行了吧？"

"乌鸦嘴的意思就是说，说好的不管用，坏的一说就灵。"我在边上告诉他。

"那我怎么办？"

"闭上你的乌鸦嘴。"老大吼了一声。

122

我经常会产生这样的错觉，觉得我的生活不过是一部电影，下面就要出现一组表示岁月流逝的镜头，再转回来，那些痛苦、绝望的日子已经过去了很久，另一个故事又会开始。每一次我都惊讶地发现，我居然还坐在我的蓝色转椅里，什么都没有改变。

和陈天分手以后遇到过他的一位旧时女友，对他颇多抱怨。她一定忘记了他为她做过的许多孩子气的举动，他爱她时深情专注的样子，那是他能给女人的最好的，也是唯一的东西。他一生爱过很多女人，这并不能贬低他的爱情。我对他说过，无论以后发生什么，我都不会责怪他。

我一直努力做到。

当然，这很难。有时候我会突然陷入怨恨，对自己的怨恨、对他的怨恨，因为我们浪费了他一生中最后的时光。如果他知道他会死去，他会放弃我们的爱情吗？这是我再也得不到答案的疑问。但是，他当然知道他会死去，我们每个人都会死去，我们依然要放弃很多东西，不可避免。

那个时候，一个本来在北京摇滚圈混的大眼睛女孩到香港发展，改名叫王靖雯，以她的另类风格异军突起，成了如日中天的歌坛天后，还上了《时代周刊》的封面。她有一首歌叫作《我愿意》，由管弦乐伴奏，如泣如诉地反反复复吟唱着一句："什么都愿意，什么都愿意，为你。"在多年前的那个夏天，我常常一遍又一遍地听着这夸张的情话。——"我愿意为你忘记我姓名，愿意为你被放逐天际，就算多一秒停留在你怀里，失去世界也不可惜……"那不是真的，那是我的愿望。

123

　　有人要拍一个爱情故事，叫了几个编剧去聊聊，我一进屋看见武胖子在，知道今天妥了，用不着我多费口舌。

　　武胖子是我学弟，自称不是不愿长大，而是不能长大的永远的少年，对一切事物充满热情，生命不息，说话不止。我隔不多久就想见他一次，待不到一个小时又想离开，想见他是想感受生命的活力，想离开是因为体力消耗过大，光听他说话我都喘不上气来。

　　大家坐定策划就说了，今天叫来的都是写爱情的高手，对爱情这码事很有些心得。别人没说话，武胖子便说："心得——的确都是心得，我们在肉体上还十分纯洁。"

　　然后武胖子又说："爱情，在人和人的关系上我觉得已经没什么可写，我觉得要写就写物与物之间的爱情，比如烟和烟灰缸，烟总是眷恋烟灰缸，但只有死的时候才能回到它的怀抱。还有屎和马桶，只能短暂地相聚一会儿，屎就被冲走了，永远分离。小鸟和大树——小鸟答应了大树在它生日时为它唱一支歌，到了大树生日那一天，小鸟来了，但大树已经不在——它被伐木工人伐走了。于是小鸟便一路追去，沿着公路追到了镇上的锯木场，大树已经被切割卖给了工厂，小鸟又追到工厂，工厂已经把大树做成了火柴，小鸟又追到商店，火柴又被人买走，小鸟最后终于在一户人家的厨房找到了变成火柴的大树，在它点燃的那一刻，为它唱了一支歌……"

　　武胖子一脸的纯洁讲了烟和烟灰缸、屎和马桶，以及小鸟和大树的故事，把策划人听得五迷三道、抓耳挠腮的。

　　想起武胖子上学时虽不是个纤细少年，也是雄姿英发，后来连胖了几年，终于一发不可收拾，按他的话说羞羞答答地胖没什么意思，要胖就得胖得理直气壮。这个理直气壮的胖子肚子里装的依然是风花雪月，做得出打车去远郊为姑娘买一根冰棍的壮举。

武胖子讲完小鸟和大树的故事，又有一人讲了个老鼠和猫的爱情故事，情节类似《罗密欧与朱丽叶》。

"这个，"策划人说，"我们毕竟不是宫崎骏，还是说说人吧。"

武胖子说："生活——有什么可说？有洋葱就有眼泪。要写人，只有一件事可写。什么误解呀，社会等级啊，世代情仇啊，都没什么意思，对于爱情只有一样东西是终极杀手，那就是——时间！你永远无法反抗时间。其实人的所有焦虑都来源于一个概念——'来不及'。还来不及分辨自己的感情，你爱的人已经结婚生子做妈妈了，还来不及弄明白自己已经一把胡子了，还来不及照顾儿子，他已经长大成人变成问题少年不理你了。人永远都来不及。什么是最伤感的？一对情人约定好了下一辈子再续前缘，可投胎转世的时候却差了一辈子，男的在世上孤独一生做了个坟场守墓人，却不知道自己等的人原来就在一块墓碑下——在他出世时已经死了。时间！你可以反抗一切，但不能反抗时间。"

时间？

武胖子的胡言乱语竟说得我悲从中来。

——来不及了，什么也来不及了！

"好，就这个吧。"我说，"我觉得挺好，就让武胖子写吧。"

"我可写不了，我手头的活还没干完呢，我就给你们出出主意。陶然写吧。"

"我写不了，这个我真的写不了。"

他们以为我是客气，我不是客气，我的确写不了。

124

最终我也没有写那个关于时间的爱情故事，但是我写了这本小说。他们说女人的写作没有能力停止借由她们与男性的关系来界定自己的处境。我依然在重复着这种界定，无可奈何。

125

一个傍晚，徐晨打来电话。

"有时候我想，如果我找到了我梦想中的那个爱情会怎么样？虽然这种可能性已经越来越小，这需要足够的敏感、勇气和力量，而我的感官已经越来越迟钝。先不管这个——就假设我找到了，会怎么样？——就会对人生生出无限的眷恋，就想永远拥有，就会绝望，最后的结局就是死。"

他声音里的哀伤轻易地打动了我，那种无可奈何、感同身受的哀伤！如果他不是在电话线的那头，我会把他抱在怀里，安慰他，让他哭泣，把我剩余的生命和激情交给他，让他随意揉碎然后丢弃。这生命我不知道还能派什么用场，如果对他有用，他可以拿去。

"我能为你做什么？"我问。

"也有过别的女人这样问过我，'我能为你做什么？'什么也不能。谁也帮不了我，我对自己也无能为力。

"除非有一天梦幻消失，让我发现自己蹲在现实的地上，什么也没有，没有白日梦，没有幻觉，和大家一样快乐、痛苦，和周围事物相对应的痛苦、欢乐。不像现在，一点点痛苦、一点点欢乐就能引起巨大的痛苦和欢乐，引诱着我，折磨着我，鼓动着我，让我如同我们见过的那个永动器，一下一下，永不停息地追逐眼前的幻觉。也许我会死在这上头。"

这是徐晨十九岁时写下的句子。

"好多年以前，你曾经说我把你当成玩具，这种说法让我很愤怒。我把一切都交给你，让你主宰我，你却这么说。为这个我恨过你。后来细想有些道理，我何尝不是自己的玩具呢？身不由己，身不由己啊，总是这样。"

"就是这么回事。"徐晨恢复了他惯常的调笑调子，"躲开我是聪明的做法，你一直是个聪明姑娘。"

"没有聪明人，只有运气好的人，不掉进这个陷阱，不等于不会掉进另一个陷阱。"

"也许吧。"

徐晨的电话嗞嗞咔咔地发出刺耳的杂音——他的手机响了。

"你的电话。"

"对呀，有个姑娘给我打电话了！"他笑嘻嘻地说，"一个读者，身材完美无缺。我又要出动了！"

"祝你好运。"

"也祝你好运。"

他在那一边挂了电话。

其实我们能向生命祈求的只有好运，没有公平，没有意义，没有解释，没有响应……

如果你有好运，恭喜你了。

关于悲观主义的花朵（附录）

2008年版后记

那部演出过很多版本的话剧《恋爱的犀牛》，写于1999年年初，我刚结婚不久，从意大利蜜月回来。这是个可能误导观众的信息，所以避免跟人提起。"新婚的人为什么写这么一出戏？"——这是常见的疑问。现在时过境迁，我说起这个，是想说我是个过分认真的人，总想给生命一个交代。这种愚蠢的努力简直成了我的噩梦，当然，也是最终的救赎。

小说《悲观主义的花朵》2003年完稿，在校对完最后清样，下厂印刷的时候我怀了孕。2005年3月，《琥珀》在香港文化中心大剧院首演，演出结束后赶去半岛酒店的酒会，在我忙着点头道谢的时候，有人忽然问我："孩子好吗？"我当时吓了一跳，那个夜晚我生活在《琥珀》的世界里，的确忘了我有一个好看的孩子，忘了我是因为那个小小的家伙改变了剧中的结局。

写作，我时常希望它对我只是游戏，但实际上它直接参与了我的生活，干涉着我的身体，甚至控制了我的内分泌。或者相反，那些文字，无论是书还是剧本，都是生命的分泌物，痛苦的，困惑的，好奇的，痴迷的，骄傲的……面对一个作者，无论是读者、观众，还是朋友，总会有个问题："为什么这么写？你是怎么想出来的？"这是个永远无法回答的问题，我很希望那一切是我"想"出来的，但是不是，那是整夜燃烧的蜡烛最后剩在托盘里的那点儿蜡油，我将它们塑之成形。

我是个低产的编剧，更是个低产的作家，以前曾给报纸、杂志写过专栏，后来作罢。那不是适合我的工作，我没有那么多的话要说，对一些当时看似热闹，其实却毫无意义的事情发表看法也实在没有必要。我讨厌废话，讨厌枯燥、无趣、缺乏意义的言谈，别人的和自己的都讨厌，如果不是非说不可，我宁可闭嘴。

《恋爱的犀牛》《琥珀》和《悲观主义的花朵》，是我偏爱的作品。有个高产的朋友曾在他的书里说过："如果我的书能安慰你的生之噩梦，我很荣幸。"大家常常把他当成笑谈，但我知道他是认真的，我没有他那么自信，但是就借用他的话吧。

还有个作者的俗套，就是感谢。我从未这样做过，但我决定这一次不再免俗。——感谢我的丈夫，迄今为止，我全部话剧作品的导演。作为一个曾经著名的愤青，他其实是宽的、厚的，是生命中好的那一面。我知道我不是没有优秀品质，但这些品质对世俗的平静生活并无帮助。容忍我对日常琐事缺乏热情、急躁脾气和抑制不住的冷嘲热讽，是源于他对生命更大更坚定的信心，这种信心是我所没有的，它即使不能改变，至少安定了我的情绪。当然，他的经常的不经意的正确也会激起我的不安，但他对我凌晨时分间或发布的奇谈怪论和绝望言辞一直保持着温和的态度，以朋友的善意将我的尖刻理解为聪明，以倾听的无形之力暂时分散了要淹没我的洪水。谢谢他。

计划出版这两本书的时候，我正在读萨拉·凯恩的剧本集，她是英国当代最有影响力的剧作家，生于 1971 年，1999 年在医院的卫生间自缢身亡，写过五出戏和一个电影剧本，剧作惊世骇俗，不同凡响。我该感谢老天，为我适可而止的才能，以及尚能忍受的痛苦，尤其是，还有慰藉、怜惜、凝神微笑的瞬间，可以表达和难以表达的爱意……谢谢。

2007年 11月
UHN窗前冬日难得的耀眼阳光下

永恒失恋者的自由之地（2013年版）

照片是在当年中央戏剧学院的排练场拍的，背景堆放着每个学戏剧的学生都熟知的简易景片，照片上的两个人并排站着，年轻、神情严肃，酷得可以。孟京辉的脸是我熟悉的，而我自己的却很陌生。

这张二十年前我和孟京辉的照片，被一个以怀旧为人生爱好的哥们儿放他的微博上了，尽管并未指名道姓，还是引起了一些围观和各种感喟。这哥们儿是我大学的学弟，也是唯一跟我合作过的编剧，而这张照片，据说是他哥哥将他长春老家偶然发现的一卷老底片冲洗出来，连他自己也忘了还有这么一卷胶卷。

尽管一直被认为少有改变，照片上那个目光迷离的圆脸少女跟我的关系仍然难以确定。其实，人最不熟悉的一张脸就是自己的，我们很少能以旁观的角度观察自己，对自己的一颦一笑、一举一动都不熟悉。多年来，我一直不肯看自己的电视采访，不想知道自己面对公众时的样子，而别人对我的描述也常常让我惊诧不已，很难认真对待。

于我而言，一个作家所有的尝试和努力，不外乎是试图弄清自己的样子和世界的样子。这个样子当然不仅是外貌和景观，而是心灵的图像和宇宙的本质。我所有的写作都源于这个企图，《悲观主义的花朵》也是如此，它萌生于内心的孤独和巨大困惑。看到和听到许多读者的反馈，知道很多人把这本小说当成我的自传。毋庸置疑，这本书是我的自传，准确地说，是我的精神自传。

在一次见面会上，有观众问我是否曾经失恋？否则怎么能把细微难诉之心写得那样准确？答案是肯定的，不是曾经失恋，而是我一直在失恋。我们是永恒的失恋者，我们有着永恒的失恋者的灵魂，我们所拥有的一切都必将失去。

《悲花》写于十年前，一如我处事的惯常风格，因为满腹无法言说，令我羞愧的柔情爱意，只肯以冷静示人，拿一把小刀，将自己抽筋剔骨，将男女之爱抽筋剔骨。因此，我看见了人类那深不见底的心，多少爱意都不能填满的心。是的，我们是这样卑微的人类，有过很多心驰神往的幸福时刻，却从未满足。我们每个人都是深不见底的深渊，没有哪位神祇给予的东西能令我们获得永恒的幸福。这是《悲花》的开篇，也是结局。

写作断续历时一年，中间曾因整日对着电脑一动不动导致颈椎病发作，一个月拿不起筷子。在全书校对完毕，下厂付印的时候，我怀孕了。以认为万事万物都有缘起的观点，我认为《悲花》对我的意义非同寻常，它承载了我身体里那些难以承载的东西，代我寻求答案，为新生命腾出空间。

曾经说过，悲观主义不是情绪，更不是情调，而是对世界的基本认知，正因为有了悲观这碗酒垫底，我才得以更偏执、更努力、更有勇气，我清楚地知道我们不可能失去更多，除了经历我们也无从获得。

关于这本书，关于我跟自我的厮打、对生命的较真儿，我觉得可以用一个科学家的话概括："我没有失败，我已经发现了一万种无效的办法。"与说此话的发明家爱迪生略有不同，我是个对生命本身进行无数次尝试的人。对于爱，对于自我，对于生活，我不曾退缩，已经发现了一万种无效的办法，"所谓死亡的恐惧，情欲的动荡，生活的苦恼，人生的烦闷，存在的空虚，所有这些情感内容，都需要一个人类个体独自面对。"你们也一定在这条路上，这是一个好消息。

这些是为看过这本书的读者而写的，所以本该是后记，而不是序言。但这次再版的《悲观主义的花朵》是十年纪念版，所以就将它作为序言吧。

谢谢你们！谢谢你们在这本书中和我一起经历那些不安迷惑的日子，柔情似水的日子，痛不欲生的日子，体会幽微难解的心绪，感同身受或者心生感慨，无论哪一种。我想说的是，如果说我有所改变，是我终于接受了一些浅显的事实——比如有些人先于我出生。比如坐下来慢慢吃一个石榴是可以的。比如痛苦从来不能证明爱，因为难以表达或无以度量，我一直倾向用痛苦来确定爱的存在，将爱视为与痛苦共生的花朵。不是这样的，爱是爱，痛苦就是痛苦本身。

我从未像现在这样，怀有深深的爱意和怜惜，而不是痛苦，并坚信我们的不安、期待和恐惧并非永无尽头。必须承认，我曾是纠结人中最纠结的一个，拧巴人中最拧巴的一个，怎么难受怎么想，怎么麻烦怎么干，我以前半生的所有力气钻进自我的迷宫，终于将自己逼进铜墙铁壁的死胡同。我的人生如同一根皮筋，一路直拧上升，拧到不能再拧之时，忽然，风吹云散，皮筋崩开，一路松缓下来，松坦而去，从此一马平川，隐隐望见无限之处。这就是我所说的，在死胡同的尽头，窥见另一维度的天空之门。

十年前，在这本书中我对自己的人生作了预言，如我所愿，它正在到来。"我会变得坚定、坦然，而且安详，而你将不再爱我，我可以自由地老去，我将脱离你的目光，从岁月的侵蚀中获得自由。"

我们本来就是自由的。

2013年5月初夏

容易萌生爱情的季节，
《悲观主义的花朵》中的故事发生于5月。

乐观主义的花朵（2017 年版）

1. 殊途同归

八月，我站在拉萨尧西平康一层的天井里，一抬头，二楼藏式雕花的廊子里站了个人，两人目光相接，都是一愣，犹豫了两秒钟，便都乐了。老话儿说的：他乡遇故知。这犹豫的两秒，其实跨过了二十年，大学毕业时一起玩耍的哥们儿，眉目依然，看起来变化不大，就是不知被谁在头发上画了不少白毛。

年少轻狂、肆意妄为的日子，突然间都想起来了，不外是各有各的迷途，各钻各的牛角尖，各走各的独木桥，千回百转，心路漫漫，现在殊途同归，在西藏的晴空下笑呵呵地相对而立。听闻他的种种往事，沉迷险境，与颓废共生，离死亡一指之距，也不过轻描淡写是个故事了。我说要去扎耶巴，他便开了车带他女朋友一起同行。上山时见我身形轻快，禁不住问：记得你有一阵子身体特别差？是的是的，差到不能再差。又说起以前的种种，各种糗事儿苦事儿全都成了笑谈，提到过往的熟人，很多名字已经从我的记忆中抹掉了，回忆半晌才朦胧记起。要说前世今生，那已经是前世了。

《悲观主义的花朵》也是前世的一个梦境。

2. 自我的迷宫

我们每个人毫无分别地对一样东西有着疯狂的迷恋和好奇，这样东西我们终日相对，逃无可逃，看起来熟悉如手指又陌生如异类。这个东西几乎是我所有作品的主题，我对它如此困惑不解，乐此不疲，不惜一切代价深入它的腹地，摸清它的脉络，想以一己之力绘制出它的地图。曾经以为，这个对我致命吸引的东西是爱，我讲述的是爱的故事，现在看来，所有的困惑，追问，爱情，欲望的面孔背后都隐藏了一个无处不在的、匪夷所思的自我。"自我"，这个庞大的迷宫，庞大到有可能终此一生也无力知晓的他的疆域。《悲观主义的花朵》这本书，就是我倾尽心力绘制的这个迷宫的地图。

花朵为什么以"悲观"为名？因为这份地图透露了一个令人倍感挫折的消息——这个迷宫没有出口。这个迷宫，是个没有出口的死胡同。无论多么聪明、敏锐，拥有怎样的激情、勇气、才华，百折不回的决心，都会死于其中。但是，这也是一个好消息！我们不必再跟它纠缠不休。

3. 我是谁？

清楚地记得《悲观主义的花朵》完成于 2003 年，是因为在核对过作家出版社的最后清样，小说下厂印刷的时候，发觉自己怀孕了。此刻，十二岁的 Yoyo 坐在旁边，正愁眉苦脸、唉声叹气地在电脑上敲一篇论述《苏菲的世界》写作手法的作文。他既然是我儿子，必然继承了某种语言天赋，写个作文不可以这么大动静。Yoyo 对我的说法将信将疑，我知道有时候他觉得自己有表达才能，有时候又觉得完全没有。他会说：你看我多好啊！却满含自嘲的口吻。 在书中苏菲遇到的第一个问题是："我是谁？"值得庆幸的是，Yoyo 比我更早懂得以嘲讽的态度对待自己。看着他慢慢探索他的自我，塑造他的自我，喂养他的自我，满足他的自我，进入自我的迷宫，我心有唏嘘，也只能安之若素，泰然处之。

讲过这个故事。Yoyo 三四岁时，在床前跟他道晚安，故意地试探他："到妈妈这儿之前，你在哪儿啊？"他很努力地想了很久，沮丧地说："想不起来了。""也许有一天你会想起来，想不起来也没关系，很高兴你到我这儿来。"他用被子蒙了头，翻身向里，悄无声息。坐了片刻，以为他睡着了，伸手帮他拉被子，却摸到了满脸的眼泪。他也不知道自己为什么哭了。

4.读者

心怀感激。年轻时满肚子的桀骜不驯，将自己孤立于世界和人群，基本是顾不上关心读者。所幸，同样将自己孤立于人群的人们成了这本书的读者。后来在网上看到一些关于《悲观主义的花朵》的八卦文章，旁征博引地讨论男主角影射谁，女主角影射谁，目光之敏锐、独到令人叹服！浏览这些让我度过了一个欢乐的夜晚，几次笑得前仰后合。更令人惊讶的是，这些留言从最初的2008年，一直延续到2016年9月，也就是此刻。谢谢你们！从这个悲剧故事里，为自己和我都带来了欢乐！

5.乐观主义的花朵

乐观主义的消息是：在所有死胡同的尽头，都有另一维度的天空，在你无路可走时，迫使你腾空而起。

相信我们殊途同归，在所有的迷惑和痛苦之后，爱情与欲望的挣扎之后，都会在灿烂的阳光下坦然相对。

廖一梅
2016 年 9 月 29 日